# 去他的北京

傅主席 著

# 一碗五味雜陳，讓人又愛又恨的「北京濃湯」

紫禁城、天安門、胡同、老北京風情，還有所謂的「百年古都」，以及那些拍得美美的照片，這些是你在媒體上會讀到與看到的北京。畫面上看起來一切都是那樣美好，食物是如此可口，風景該壯觀的壯觀、該秀氣的秀氣，好像北京是從童話故事中跳出來的一座城堡。雖不算是完美，不過你鮮少會聽到任何負面的北京印象。這些包裝好的北京印象本來就應該是這樣，不會直接告訴你這是個完美的地方，至少也暗示你，這個叫做「北京」的城市有多好。

幸運的是，北京不是存在這些鏡頭與照片中的，也不是在裝潢的美輪美奐的餐廳與新潮的酒吧中。到了北京，走出飛機場或者火車站你看得到的是，臉上帶著無奈表情正在排隊等公車的普羅大眾；在胡同中隨口用京片子話家常，聽起來好親切的大媽大爺；還有不煩死你絕不善罷干休，拚命討價還價的小販；以及讓人想一拳捶下去，跟你爭先恐後的路人……，眞正的北京，就藏在這裡面。完全感覺不到「六朝古都」的浪漫，也體會不到紫禁城的壯觀。眼前的眞相是我的想像，還是我的幻覺？

每一天在生活中，跟你周旋的不是電視裡的北京，而是有點煩人又好玩的北京。前一秒鐘你可能還在與計程車司機大吼大叫，因爲車子的方向與你的目的地「碰巧」相反；下一秒鐘，你又會爲了挑選盜版的DVD覺得興奮，因爲買十幾張DVD比在百視達租一張DVD都還便宜，眞慶幸自己活在這個城市中。這種交互又矛盾的沮喪和興奮，絕對會讓你對這裡又愛又恨。生活在這裡，好像在喝一碗湯，除了酸甜苦辣各種滋味以外，還得冷熱交替才行。

在SARS，也就是「非典」肆虐的北京城中，你特別可以看出北京生活的特點。說好聽一點是豪邁、不拘小節，以及率性，大家依然到處吐痰，依舊只戴個沒啥用的棉布口罩，好像北京人都生得一副鐵齒不怕SARS一樣。不好聽的呢，北京人容易大驚小怪的個性也在SARS的照耀下顯露無疑，郊區自動自發不讓北京市民進入，北京人則是開始不出門，街上冷冷清清，商店也是能關就關；連平常作為經濟實力象徵的寵物狗，也被一隻隻地丟到了街上。一個一千三百萬人口的都市，這幾個星期以來好像只有十分之一的人口走在街上。

作為一個台灣人，生活在北京就好像活在

自己的過去與現在，不時地在兩個時空中交替轉換，徘徊在愚昧的自傲與勇敢的卑賤之間。討價還價的時候，要努力回想小時候跟大人上菜市場的情景，努力翻出一些可能連媽媽都忘記了的殺價技巧，要殺到連老北京人都覺得看不過去了，你才能鬆手，爲了幾塊錢人民幣，眞是可以爭到頭髮都掉了好幾撮。幾塊錢的絕對經濟價值當然比不上我寶貴的頭髮，但這是北京生活的「原則問題」。

平常生活的時候，又要抬起自己的「台胞下巴」；或者，實際一點，拿出你的草綠色台胞證。告訴你自己，更重要的是告訴別人，我還是一個台灣人，而且兩岸尚未統一，我要努力當個台灣人。所以辦事寧願去外賓專用櫃檯多花點錢，做一下冤大頭，也不要去一般櫃檯，排在長達2公里的人龍中。

老胡同裡的人、事、物，可以讓你的記憶追溯到台灣光復初期。但是一出了大馬路，馬上又掉回21世紀來。這種新舊交替、眞實虛幻交接、再加上強烈的對比與矛盾，就是北京生活的背景。生活在其中，眞弄不清楚究竟自己是喜歡還是厭惡這個城市；一旦離開之後，卻又忍不住會想念這裡的日子。那麼，到底是怎樣的北京生活？我來紀錄，你就自己慢慢看吧！

沒看過本書，
別說你了解北京！
讓人抓狂的機車北京——綠痰到處飛、白痴計程車、什麼都要錢
全部一樣的奇怪北京——冒牌牙膏、拋棄式VCD、魔戒第三集
充滿對比的矛盾北京——嚇人的公廁、一胎化口號、嬌貴北京人
光怪陸離的情慾北京——老外情結、詭異酒吧、一夜情實錄
北京城內的生活點滴——丟垃圾文化、騙子伎倆、主席大戰

目錄

# contents

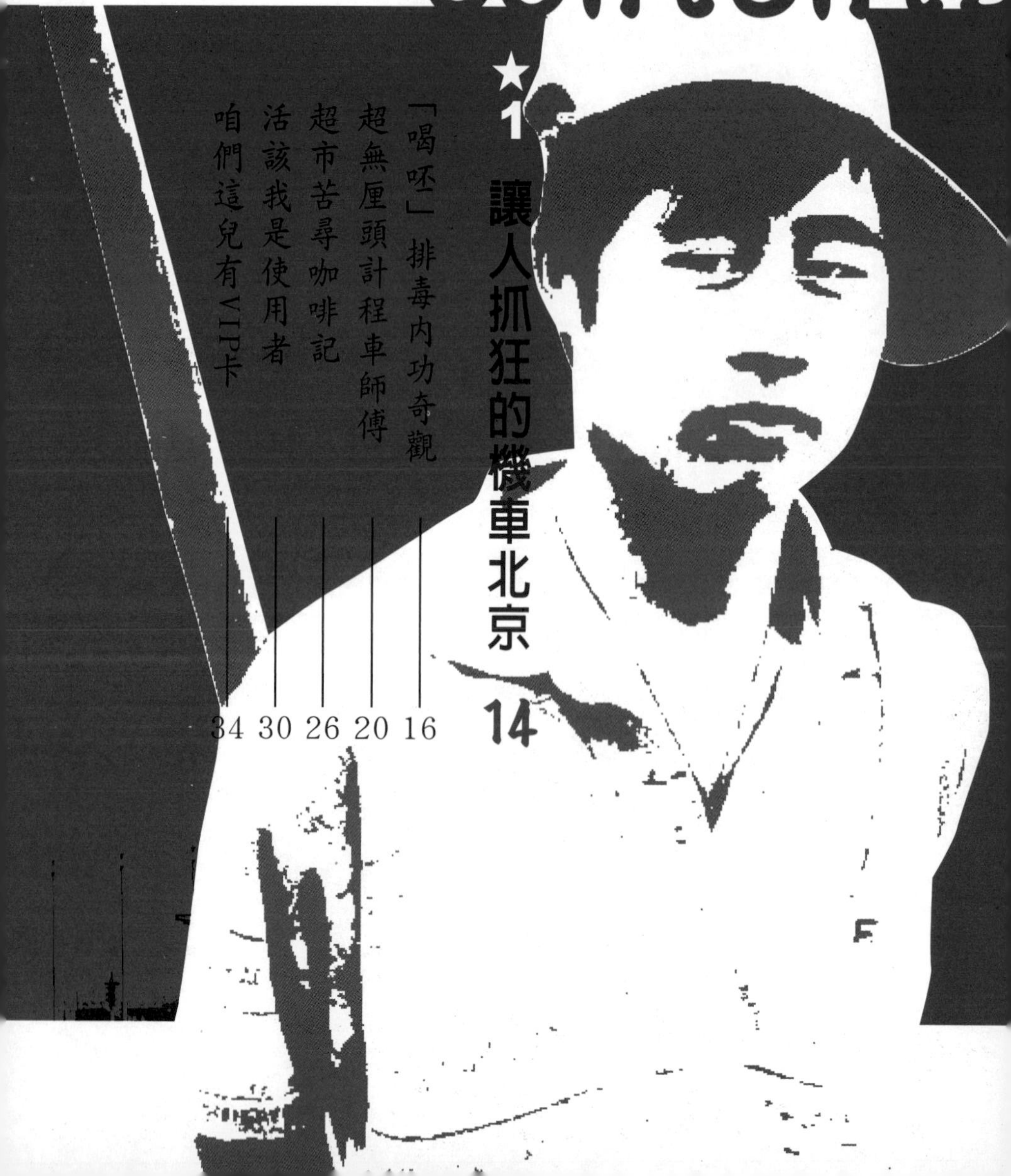

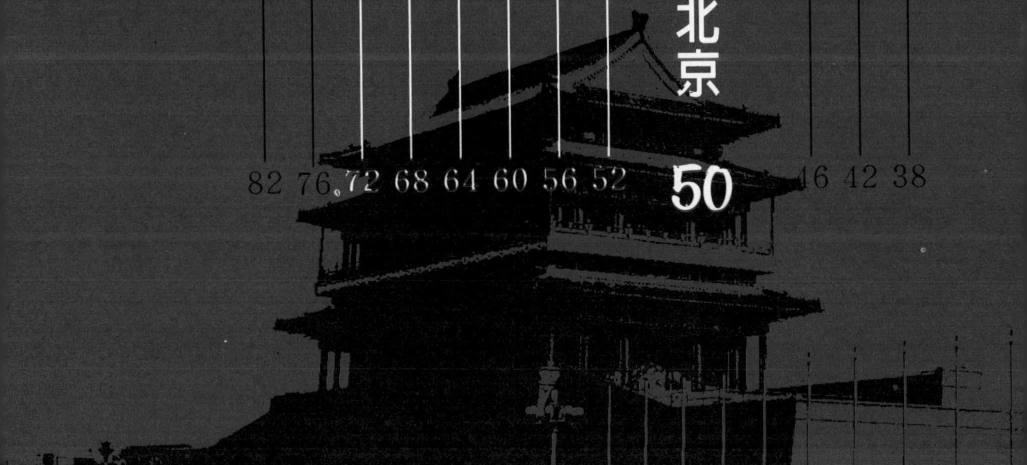

目錄

# contents

## ★3 充滿對比的矛盾北京 86

# 讓人抓狂的機車北京

去長城郊外健行，正要順著山下的小徑往上面爬，這時一定會有一個農夫跳出來跟你說，這裡的樹是他種的、水是他澆的，因為有這些樹，所以才有這麼好的空氣，你必須要付2元的「空氣吸收費」，誰叫你活該剛好有一副心肺長在身上，而且你碰巧需要呼吸。更重要的是，你是使用者，所以要付費。

# 1

# 第1章 「喝……呸！」排毒内功奇觀

**此飛彈的功用是專門摧毀成年人的心理建設、加速胃酸分泌、扭曲第一世界教育體系下產生的各種高尚人格；一旦中標，保證回家先嘔吐個三天三夜，最後還要去看心理醫生作復健！**

## ★超強綠色黏液飛彈

記得生平第一次來北京的時候，一下了飛機就被那種萬眾一心的吐痰功夫嚇到，立刻就想打包回家。我曾經旅行到過不少國家，不同文化所帶來的文化衝擊（CULTURE SHOCK）也數不清楚究竟有多少次了，自認為承受力應該不弱，因為我不管再噁心的食物都要嚐試，再奇怪的風俗也想要深入了解。但是這種吐痰文化的魔力實在是太過深厚，一聲聲「呸！」，以及那種黏液接觸到地面的「啪咑」聲，讓我一向自豪的好奇心與包容力當場就棄械投降，取而代之的是永無止境的精神踐踏，直到我的雞皮疙瘩掉到供不應求，表皮組織的雞皮疙瘩工廠因為工作超時而發動絕食抗議為止。

如果你平常有慢跑或散步的習慣，來北京之前最好先戒掉，或者是花大把銀子到健身房去跑機器吧。不然就一定要穿上整套的達欣牌雨衣，外加一把大大雨傘，否則路旁不時飛出的「綠色黏液飛彈」，可能會對你的心理與生理造成極大傷害而不得不求醫，到時候只會肥了醫生的荷包。這種黏液飛彈雖然體積

小，但是功效強大，而且來去無影無蹤，連詹式年鑑和牛津大字典上都遍尋不著。此飛彈的功用是專門摧毀成年人的心理建設、加速胃酸分泌、扭曲第一世界教育體系下產生的各種高尚人格；一旦中標，保證回家先嘔吐個三天三夜，最後還要去看心理醫生作復健，消耗大量的社會與經濟資源。

## ★不絕於耳的「喝」與「呸」

除了在街上，坐車坐飛機時北京人也照樣吐痰不誤。出門攔一輛計程車，司機沒事就會搖下窗往外「呸」一下，除了不要坐到駕駛座後方以免遭到誤擊，最好還戴個隨身聽或是講講電話，再不然就戴個耳塞以求清靜。

坐火車的時候，你得先求求菩薩保佑，不要買到靠近廁所的位置。不然整個車廂此起彼落的吐痰聲，加上之前長長的助跑聲「喝……」，絕對可以讓你的雞皮疙瘩掉到有一座小山那麼高。白天坐車時讓你茶不思飯不想，夜裡那一聲聲的「喝……」更是保證讓你毫無睡意，眼睛睜大到天光。

在北京，就算是稍微注重禮儀的場所，即便是首都國際機場這種國家的門面，也一樣不能倖免於難。出境大廳中，拖地打蠟弄得光亮亮的大理石地板上，一樣會有北京同志往下一吐，頭一低，喉嚨就發出那聲「喝……」，黏液隨聲墜落，之後再用鞋底「推」個徹底，整套動作一氣呵成，表情自然毫不猶豫扭捏，如同這些分泌物有助地板光亮一樣。上了飛機，機艙中狹小的廁所一樣傳出陣陣吐痰聲，但至少眼不見為淨，只不過走進廁所時會稍微感到噁心罷了。如果更不幸的，坐在你旁邊的同志也有這種癖好，那你會巴不得自己坐的是超音速協和客機，或者乾脆直接跳傘回去算了。機艙中，鋪著深色塑膠毯的走道上，一樣會被這些黏不啦瘩的東西攻擊。一趟十多個小時的長途飛行下來，走道要是完全不黏腳，實在算是萬幸啊！

## ★好一個文明列車

某個週末我由上海一路坐火車回北京，臥鋪的位置剛好在車廂尾端，隔壁就是廁所，斜對面則有幾個盥洗間。這個幾乎算半開放式的硬臥車廂，就好像是關牲口的柵欄一樣，嬉笑怒罵聲、嗑瓜子聲、小推車的叫賣聲，還有小孩的哭鬧聲此起彼落，不絕於耳。我才剛剛把行李放好，乘務員就送來一壺熱開水，屁股剛要坐下，聽到送熱水的打開盥洗室門口，「呸！」的就是一聲，0.2秒之後，還有一個黏液撞擊金屬的啪哷聲，我的屁股剛好也從座位上被震高0.2公分。

屁股由0.2公分的空中落下，我可以聽到自己雞皮疙瘩工廠的上班鈴聲。對面的北京老鄉冷不防地就拿起小桌下的垃圾桶，馬上又是一聲「呸！」，緊接著是塑膠表面被撞擊的聲音，這次只有0.1秒，屁股還沒升空就已經落下。標著「文明列車」四個大字的綠色車頭慢慢由上海站開出，慘劇也像北京交通一樣慢慢開始上演。

實在是太「感謝」我座位的地利之便，再加上整個車廂的同志都很有自覺的往盥洗室奔走，以洗手之名義行吐痰之實，這樣才能算是改革開放之下「文明先進」的觀念啊！一整個晚上，吐痰之聲以及0.2秒鐘後的「吋啪」聲絡繹不絕，我的雞皮疙瘩堆起來已經遠遠高過一座小山，眼睛也因為睡眠不足變成佈滿血絲的小兔子。下了車，耳朵還因過多的「啪吋」聲而有些耳鳴，抬起頭又看到那個「文明列車」的牌子，眼前看板寫的是「爭坐文明市民，搶先文明國家」。沒錯，真是文明的中國人才有的文明列車，我正這樣想著，冷不防身後又是一聲「喝……呸！」。

## ★強而有力的排毒內功

不管你有多討厭北京，或是多喜歡北京，沒有人到了這裡會忽略掉北京人這種獨特的「體內排毒」習慣，這個城市每星期都有不同的面貌，不過萬變中不變的，還是這唯一的吐痰功。不管男女老幼，不論你穿的是VERSACE西服或是草綠色毛澤東裝，不管在五星級大飯店、機場，或者是老巷胡同中，隨時隨地都不會缺少的，就是那長長的清喉嚨聲「喝……」，以及接下來鏗鏘有力的一聲「呸！」。所有華麗高貴的氣氛與光鮮亮麗的外表，都會在這一聲「呸！」中徹底粉碎，把你從「進步文明」的雲霧中，重重丟到充滿煙蒂涕唾的泥巴地上。受不了嗎？當然，不過這是在北京，不！這兒是中國大陸，有太多我們不習慣的地方，抱怨歸抱怨，請大家還是要多多忍耐。●

第1章

# 超無厘頭計程車師傅

計程車在北京多如牛毛，司機的素質也有點良莠不齊，經驗老到的司機就像我額頭上的頭髮，已經日漸稀少了。現在北京絕大部分的司機，都是剛剛上路沒有多久，不只路不熟，連耳朵聽力也有問題。

## ★每天都搭計程車，爽！

要認識北京，由計程車司機以及日常交通狀況著手是最容易的，因為計程車司機是生活中最常接觸的人之一，他們也是窺視北京生活的一扇透明窗戶。在小小的幾乎密閉的空間中，這些開車師傅可以成為北京與台灣不同價值觀念肉搏戰的對象，也可以是你打發塞車時間的聊天對象，或者只是瞪著他們的後腦勺發發呆也好。無論如何，計程車司機大部份都是標準的老北京人，與他們之間的互動就是北京生活的小縮影。且來看一看我在北京搭計程車發生的趣事，以及聽聽我的抱怨吧！

常常有人問我，在北京的生活好不好呀？我的答案通常都只有一個：「好啊，出門都可以搭計程車。」真的是如此，平常在台灣或著其它國家視之為奢侈的計程車，到了北京卻變成我每天的代步工具，出門走到大馬路旁，只要伸手一招，就會有一台半新不舊的紅色計程車停下來。就算我在台灣只是一個以小小速克達代步的通勤族，到了北京也可以享受每天有人為我開車的滋味。

北京的計程車數量之多，大概可以跟沙塵暴中的沙子比擬了，路上每10輛汽車當中，大約就有5輛是計程車。這些計程車可不像台灣，車種多到你數不清，還不包括那些改得五花八門的改裝族；北京在街上跑的計程車車款就只有二種：小小但便宜的「夏利」，以及稍微大一點較貴的「富康」，二種車的車資起價不同。不過說真的，這兩種車子除了大小不一樣之外，坐在其中都感覺不出來好壞，因為通通一樣爛！最常見的特徵就是四個輪子中一定會有一個是跛腳，開起來一撇又一拐的。如果你夠幸運的話，還有可能會坐到開了「地窗」的計程車，車子地板上已經鏽了一個大洞，直接可以看到車下的馬路（比天窗還炫吧）。大概也是因為這樣，北京計程車司機中有一句口語：「夏利滿街掃，富康沒人要。」因為既然都是一樣的品質，大家當然選便宜的夏利坐；至於富康嘛，就只能淪落到大飯店前面排班，等等那些剛到北京還人生地不熟的觀光客了。

夏利的車資是每公里1.2元，富康則是每公里1.6元，起價則都是由10元開始。之所以會有這種差別，是因為車子的等級不同。不過要特別注意的是，不管是哪一種，到了晚上11點之後，起價都會加到11元。行駛距離超過15公里以上，也會另加50%的「回程費」。

## ★師傅，你到底知不知道我要去哪裡？

既然計程車在北京多如牛毛，司機的素質當然就有點良莠不齊，有些是開了十幾年的老司機，哪裡都熟，還會告訴你怎樣走比較快，不過這些經驗老到的司機就像我額頭上的頭髮，已經日漸稀少了。現在北京絕大部分的司機，都是剛剛上路沒有多久，不只路不熟，連耳朵聽力也有問題。

坐上了車，司機開口用標準的京片子問你：

「上那兒去啊兒？」

「我去閣貿，不，是國貿兒……。」馬上改正我的台灣口音。

「好哩（發音為好累），您想怎走啊？」

「三環路往南開就到了。」

「喔，三環路奔南，好哩！」司機的眼神中露出了一點亮光。

車子開上了路，司機晃著他剃得方方正正的小平頭，慢慢用左手點上一根「中南海」牌香菸，突然回過頭來問我：

「國貿兒？那不是上三環往南走就可以了嗎？」

# 去他的。北京

「……是啊，我剛剛就跟你說是這樣走的。」可能是我的口音不夠清楚吧，司機沒聽清楚，我自己這樣想。

「喔，好哩！」

「一直走就是三環了。」我怕司機不知道怎走，再給他一點指引。

「好哩！」這位頂著方正平頭的司機再度爽快地回答著。

過了兩分鐘，車子搖搖晃晃地過了二個紅綠燈，方正平頭又轉過來了：

「ㄟ？我說，那咱們直走不就是三環了嗎？」

「……是啊，你就直走，到了三環就往南走。」車窗倒影中，我的臉上已經可以看到很明顯的三條斜線。

「好哩！」方正平頭大聲地答著。

好不容易轉上了三環，車子正在加速，車窗外的風把中南海香菸全部吹到我的臉上。我心裡正盤算著等一下要去國貿裡的星巴克買杯LATTE，而且一定要大杯

## 第1章

GRANDE！愉快地洗掉臉上的斜線，喔對了，還有煙味，等等，大平頭又轉過來了：

「我說，我們是去哪塊地啊？」（翻譯成中文，就是「哪裡」）

「閣貿，喔不是，就是那個國兒貿兒，現在一直兒往南兒走就到了。」舌頭給它用力吐出幾個「兒」字，我臉上的斜線也開始轉成漲紅色。

「喔，一直奔南，好哩！」方正平頭的眼中又有一絲亮光。

車子繼續加速，我冷不妨突然瞄到窗外的國貿大樓正在快速地往後消失！

「等等！等等！國貿到了，你靠邊停吧！」我很用力地大喊，國貿大樓還在繼續往後方移動。

「這裡停？好哩！」

「對啊，國貿都過了，我不是跟你說到國貿嘛？」斜線開始轉成紫色。

「你到國貿不是嗎，那這不就是國貿了嗎？」

「……算了算了，錢拿去，剛好不用找了。」我慢慢地爬出這台夏利，方正平頭搖晃著身子收下了錢，嘎吱作響地開著車走了。

**天黑咧...偶受不住了！停車！給偶停車！-_-凸**

才剛剛站穩腳步，準備「健行」到遠在後方的國貿，突然手機響了，一位朋友從台北打過來的。

「芭樂，你在北京啊？」

「是啊！」我回答地有氣無力。

「怎樣，北京過得好不好啊？嘿嘿！」朋友有點幸災樂禍地說著，外帶一聲賤笑。

「好啊……，」我吞了一口口水：「出門都可以搭計程車……。」

## ★遇到白痴司機怎麼辦

要成為北京的計程車司機，唯一的條件大概就是知道怎樣說「好哩！」，至於會不會開車、熟不熟悉道路，大概一點關係都沒有。上了車才知道司機不知道你要去的地方在哪裡，或者是跟你打高空兜圈圈，這都是稀鬆平常的事情。對付這種司機，第一種方法就是做好自己的心理建設，建議大家來北京之前先去修一下禪學，把自己的修養練好一點，頭上冒煙的時候才能忍得住。

第二種方法比較簡單一點，就是出門前先看一下地圖，找到你的目的地，還有大概的方向路線。萬一司機不知道怎麼走的時候（其實常常司機都不知道），你還可以指點他一下方向，也不怕司機故意跟你繞路了。●

第1章

# 超市苦尋咖啡記

**我的腎上腺素分泌開始急遽加速，立刻加快步伐往走道盡頭走去。一心尋著咖啡、咖啡、咖啡……咦？刮鬍刀片，刮鬍刀片？可是，刮鬍刀片怎麼會跟零食放在一起？**

## ★令人充滿希望的「文明超市」

星期天的早上，走進廚房時正想煮一杯咖啡，打開罐子才發現已經空空如也，已經到了「缺少咖啡因會精神崩潰症」末期的我，這種打擊大概比發現自己一覺醒來頭髮全都掉光還要嚴重更多。在我準備崩潰昏倒之前的幾秒鐘，先跟室友Malte打了聲招呼，請他到時候可以把我架到附近的星巴克去打個「LATTE點滴」。

還沒有開口，Malte已經發現我頭上冒的冷汗，胸口的咖啡因過低警示燈已經開始閃閃動人。他大概怕會架不動我「柔弱」的身軀，馬上告訴我附近街角開了家新的超級市場，同時還給了我德國式的精確指引：「走出巷口，往左轉，沿著馬路走30公尺，過紅綠燈，走過23.4塊人行地磚距離，超市就在你的右手邊。」真是有夠佩服德國人的精確度，連地磚都可以數到小數點下一位。擠出我剩下一絲絲的微弱體力，走到了巷口，在腦袋裡回想一下Malte的指引，原本精確到小數點下一位的地磚，在冷風助威以及咖啡因的缺席下，我記得的只剩下「出了巷口，你問一下就知道了。」

終於到了超市門口，方方正正的單層樓建築，看起來好像是那種加了帽子的傳統市場。不過聳立在樓頂上的幾個大金字「ＸＸ社區文明超市」寫的就像是不容你有一點點的懷疑，因為這裡不只是超級市場，還加上了「文明」二個字，又更高檔一點了。我以搶銀行的劫匪一樣的姿態闖進大門，幾個店員見怪不怪地抬頭看了一下，隨即又立刻轉過身去繼續聊天，其他在買東西的顧客則是連眼皮都不會挑一下。我看到一個直直的店員背影，馬上跳上去要問她咖啡在哪裡。

## ★悲劇開始

「請問，咖……」我正要開口。

「來唷……，酸奶唷，上元酸奶特賣，買三送一囉！」店員突如其來的吆喝聲差點沒讓我跌到在地上，大概有點像志村健大爆笑的姿勢。原來北京人的懷舊感這麼重，即使是蓋了一個號稱「文明」的超級市場，賣牛奶的方式還是與傳統市場一般，用吼的。

「小姐，請問一下，咖啡放在哪裡？」我支支吾吾地吐出這幾個字，唯恐她又要扯開嗓門賣牛奶。

「咖啡呀？」順手攏了一下她的馬尾，「你到那邊問問看吧，應該都在那裡。」她指著遠處的一排架子說。

我快步走到架子旁一看，一疊疊的麵條、沙拉油、還有奶粉，就是沒有咖啡的蹤跡，只好又找了兩個正在聊天的店員同志。

「小姐，請問一下，你們的咖啡放在哪裡？」

「一百多塊錢哪！」長頭髮的一等我講完就開口，回話之快真是讓我感動，而且先告訴我價錢，國營超市就是不同，店員非常注重顧客的詢問。不過，我還是不知道放在哪裡？

「是啊，每年都要買上那麼一回，可貴著哪！」稍胖的那位接著說。中國人愛喝茶，所以咖啡不常喝，一年只買上一罐也是情有可原，我心裡這樣想。不過，還是沒告訴我咖啡放在哪裡？

「對不起，那，妳知道咖啡放在哪裡嗎？」

「一年一回就省多了，我們家去年冬天冷，煤炭買一回哪夠啊！」

我差點沒跌倒在那一堆奶粉上。國營的超市就是不同，店員不但重視顧客的詢問，作事情的時候也是專心百分百，即使隨便閒聊也是如此。

## ★洋芋片？刮鬍刀片？給我咖啡！

「小姐！」提高音量，長頭髮的終於抬頭看了我一眼。

「請問你們的咖啡放在哪裡？」我肺中微弱的空氣透過聲帶擠了出來。

「咖啡啊？你到中間問問看吧，好像跟那些糖啊鹽啊什麼的放在一起。」長頭髮一面看著我說，眼睛故意忽略架子上一包包的糖。

「……」我臉上一定充滿了無言以對的表情。

走到中間那幾排架子中，仔細尋找著玻璃罐裝的咖啡蹤影。眼前只有一大

堆不知名的補品、餅乾，還有一包包灌滿空氣的洋芋片，看來好像與咖啡有點關係了，應該前面就是咖啡了；一想到這裡，我的腎上腺素分泌也開始急遽加速，立刻加快步伐往走道盡頭走去。咖啡、咖啡、咖啡……咦？刮鬍刀片，刮鬍刀片？！沒有錯，的確是刮鬍刀片，可是刮鬍刀片怎麼會跟零食放在一起？走道上方的牌子明明寫的就是「餅乾零食」，咖啡至少也可以歸在這一類吧。找著找著，兩邊的架子已經消失不見，圓圓的咖啡罐還是沒有出現，只有一大堆莫名其妙的刮鬍刀片。

轉到隔壁另一排架子上，只看到一大堆的洗髮精、牙膏，還有肥皂，我心裡已經近乎完全絕望，這家「文明」超市的咖啡不是忘了進貨，就是放在四度空間的貨架上，像我這種平凡人就算開了第三隻天眼也不可能找到的。

絕望之際，身邊經過一個哼著小調的店員，我像一位幫死馬看病的獸醫看著她，然後開口問了：

「請問一下，妳知道咖啡放在哪裡嗎？」用著絕望加上失望的語氣。

「咖啡啊，不就在沐浴乳的旁邊嗎？」

第1章

# 活該我是使用者！

**你一邊喝水一邊把濕紙巾打開擦擦手，等到菜上齊了也吃飽了，付帳的時候才發現濕紙巾一包2元，你一開始喝的水則是所謂的「優質純淨水」，一杯請付5元。**

## ★什麼都要錢

如果你以「使用者付費」的觀念來評論一個城市的發展，那麼北京的進步程度絕對可以凌駕到所有現存文明之都上，就算是線上遊戲或小說中那些亞特蘭提斯之類的失落城市也完全比不上。因為不管你去什麼地方，做什麼事，一定要記住：這是一個講求「使用者付費」的城市。

出門搭上計程車，根據車種的不同，有一公里1.2、1.6、還有2塊錢的車種。差別是外觀上輪胎大一點、座位寬一點，還有車子可能跑得稍微快一點，所以你就要付多一點錢。不過，無論是哪一種車，司機都是一樣的素質（極差），車廂中一樣是菸味瀰漫，司機對你要去的地方永遠搞不清楚，該怎麼走也絕不會比你熟悉到哪裡。不過，因為你選擇了較貴的車種，使用者付費，請你多付錢。

去任何一個觀光景點，進大門之前請先買一張至少20元的票。走進了風景

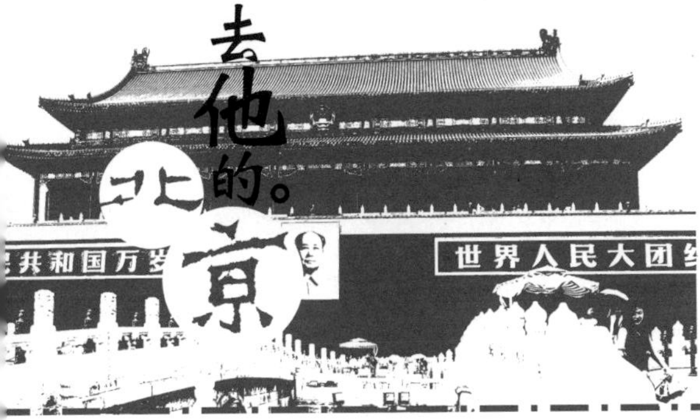
去他的北京。
共和国万
世界人民大团

區之後，你才會發現剛才買的門票只能讓你走進大門而已，裡面每一個小景點又要再另外付錢。去頤和園或者紫禁城，門票得先花上好幾十塊錢，接著你才會發現真正有看頭的收藏品都藏在另外成立的一個個小博物館裡，得再付個5元10元才能一探其究竟。到北海公園，門票雖然只要2元，等你爬了一大段路，終於到了最高的白塔上想看一下美麗風景，才發現要另外買一張20元的門票。買了門票進去一看，視野最好的那個角落偏偏又蓋了一個與北海風馬牛不相干的博物館擋著，你得進博物館才能看到風景，就再多付5塊錢吧，既然都已經爬到這裡了，使用者付費，活該我是使用者。

## ★呼吸也要付錢？

星期天去長城郊外健行，正要順著山下的小徑

「此路是我開，此樹是我栽，你是使用者，所以錢拿來」。

往上面爬，這時一定會有一個農夫抓著一張用各國語言寫的牌子，從異次元空間突然跳到你面前。牌子上寫的文字是你查遍各種語言字典都不會找到的，不過翻譯成可以理解的中文就是「此路是我開，此樹是我栽，你是使用者，所以錢拿來」。

他一邊擤著鼻涕，一邊用舌頭捲到如蛋捲一樣的北京口音跟你說，這裡的樹是他種的、水是他澆的，但是這些他都可以不在乎，也不跟你要錢；不過因為有這些樹，所以才有這麼好的空氣，你必須要付2元的「空氣吸收費」，誰叫你活該剛好有一副心肺長在身上，而且你碰巧需要呼吸。更重要的是，你是使用者，所以要付費。

(>0<)凸
你是不是太忙了些！趕場啊？
「此路是我開，此樹是我栽，你是使用者，所以錢拿來」。

## ★好一個「優質純淨水」

去餐廳吃頓飯，服務生很有禮貌地先給你兩包包裝整齊的濕紙巾，然後為你倒上一杯水。你一邊喝水一邊把濕紙巾打開擦擦手，等到菜上齊了也吃飽了，付帳的時候才發現濕紙巾一包2元，你一開始喝的水則是所謂的「優質純淨水」，一杯要5元。並且，因為「使用者付費」的觀念在北京已經如此落實，所以服務生絕對不會事先告訴你這些東西要收費，而且大家在進餐廳前都應該會看見牆上用隱形墨水寫的價格表才對。並且，你也要理所當然的被他們「週到又親切」的服務所感動，所以最後帳單上的價格都要另外加收15%的服務費，當然，這些也都已經用隱形墨水寫在有點臭味的塑膠手寫菜單上。

## ★救人第一？笑話！

萬一你不幸出了意外，需要叫輛救護車送你到醫院，最好在意外發生前先選一個離醫院進一點的地方。因為救護車的底盤上都會貼一個貼紙，告訴你這是一公里20元的「高檔進口救護車輛」，起步價則是25元。而且你最好求上天保佑可以自己走到車上，因為如果要用擔架的話，使用一次則是15元。萬一再萬一，不幸再不幸，抬你的擔架必須要經過幾層兩公分高的台階，那可能也要按照台階數收費。真的實在太不幸要住院的話，你得先交齊五千元，三個小時之後護士會拿著計算機到你的床邊，告訴你五千元已經全部用完了，現在要再交八千元，不然就請你把衣服收拾好回家自己休養。因為你是使用者，而且這是一個絕對先進又文明的大城市，所以當然，「使用者付費」的觀念永遠高於「救人第一」的信念！●

第1章

# 咱們這兒有VIP卡

「國際信用卡，像VISA或者是MASTER之類的，你們這裡可以用嗎？」

「威薩？您是指威卡是吧？交通銀行發行的威卡我們這兒也可以用。我們這兒也有VIP卡，今天算新開幕的第一天吧，我們也可以給您一張，以後來有折扣的！」

## ★終於有用武之地

到了北京兩年多，每次打開我的皮夾，都要向裡面的VISA與MASTER先生說聲對不起。不是我故意冷落他們，只是北京這裡他們真的是無用武之地，只好全部被我打落冷宮當中。

「非不願也，實不情也。」我每次都對他們說同樣的一句話。

「吱……」然後就是我拉上皮夾拉鍊的聲音。

有一回跟朋友去一家新開的餐廳，裡面是讓人摸不著頭緒的後現代裝潢，滿場走來走去的是穿著皮製迷你裙的女侍，還播放著一堆最新盜版音樂。黃色投射燈從天花板上投下一點點的燈光，Fat Boy Slim的旋律從喇叭裡竄了出來。裡面的客人八成都是老外，要不是其它人嘴中不停傳出的「兒」捲舌音，你倒會以為這是在紐約。

打開了菜單，煎牛柳、奶油燉牛尾、烤大蝦……，每道菜在菜單上都站地

雄赳赳氣昂昂的，看起來真不錯，再往下看，咦？不會吧，菜單上居然貼了一個「VISA」的標誌貼紙，真是稀奇。因為在北京看到這種標誌的機會，比你在戈壁沙漠挖到恐龍還要少，我正在想要不要回台灣拜拜，感謝一下菩薩保佑，耳裡彷彿聽到VISA先生大喊一句：「我在這裡！」看來今天如果不用它，我就真的禽獸不如了。

## ★我們這兒也有VIP卡

點完了菜，順口問了服務生一句：

「你們這可以用信用卡嗎？」

「什麼卡兒？」服務生的眼神有一點茫然。

「信用卡，就是可以結帳的那種卡。」我開始思索信用卡還有什麼其它的功用。

「銀行發的，可以不用現金付錢的卡。」我又多加了一道注解。

「喔，咱這兒可以收長城卡，還有中國龍卡，」服務生眼中的茫然少了一點，多了一點光亮。「中國銀行，還有交通銀行的卡我們也都可以收。」服務生又加了一句，臉上還帶著點自傲。

「不是那些，我是說國際信用卡，像VISA或者是MASTER之類的。」

「威薩？您是指威卡是吧？交通銀行發行的威卡我們這兒也可以用。」服務生眼中的亮光更多了，我已經開始感到雙腿發軟，差點沒昏倒在餐桌上；跟我一起吃飯的朋友George則是在一旁竊笑。

「不是，我是說像VISA，外國銀行發的國際信用卡，你們這也可以用嗎？」毅力支撐著我的身體，耳邊好像又聽到George的訕笑聲。

「國外國內發的我們都可以用，好比說吧，中國龍卡就是跟外國一個銀行合作的，咱們這兒也可以用喔。」真是烏龜頭對上青蛙嘴，比牛聽到琴聲的反應還要奇怪。

「對，我知道，但是有一種叫做VISA的卡片你們這可以用嗎？」都解釋這麼清楚了，我就不相信烏龜頭與青蛙嘴的組合還會再出現一次。

「對啊，喔，我們這兒也有VIP卡，那今天算新開幕的第一天吧，我們也可以給您一張，以後來有折扣的！」烏龜頭與青蛙嘴的組合沒有出現，不過這次是青蛙頭對烏龜嘴。

我與服務生就這麼對看了2秒鐘，整個空氣一點也沒有凝結，反而是我的心變的凝固，而且很冷。

「你給她看菜單上的VISA貼紙吧！」GEORGE突然在旁邊說了一句。我就知道跟他出來吃飯沒有錯，永遠都有用處，遇到打架的時候說不定還可以幫我一把。

我就把菜單拿了起來，翻到貼有VISA標誌的那一頁，指給服務生看著說：

「就是這一種VISA卡。」手指尖端按的都快發白了。

「這一種啊，您等等，我請經理來跟您說。」服務生的頭上冒出一個大大的問號。

## ★非不願也，實不情也

過了半分鐘，經理出現了，穿著一身鬆垮垮不甚合身的西裝，還理了一個標準大平頭。

「您有什麼事嗎？」經理開了口。

「沒有，你們這裡可以用VISA卡嗎？就是這個。」我指著菜單上的標誌貼紙，指尖一樣發白。

「這個啊，對不住，我們這裡沒有喔。」

「那這不是有貼一個VISA的標誌嗎，應該可以用吧？」我變得有一點急了。

「那個啊，那個是菜單本兒一買來就有的，我們都貼這個，這應該是菜單本兒的牌子吧，您搞錯了！」

George開始放聲大笑，我想我真的要昏倒了。「非不願也，實不情也。」我彷彿聽到VISA先生這樣說著。●

# 跌破眼鏡的超猛翻譯

**台灣翻譯成「貼身情人」的「Two week's Notice」，盜版竟然也忠於原味，直接就打上「二週的筆記」！我承認台灣的翻譯有時候是有點誇張，而且未必完美無暇，但北京也不至於直接到這種離譜的地步啊。**

## ★來抓我吧！如果你可以

大概是經過文化大革命以及中文簡體化的過程「洗禮」，北京人對於外來語的翻譯顯得特別仔細，再加上傳統北京口音中「ㄜ」、「ㄦ」等捲舌音特別重，許多翻譯詞也就要配合這種發音。特別是在外國人名的翻譯上，發音是翻正確了，不過對於我們這種習慣台式翻譯的土包子來說，不僅十分拗口更讓人聽了連茶都要噴出來。

舉例來說，台灣人口中的傑克尼克遜一到了北京，就成了「傑克爾尼克爾森」；大美女妮可基曼變成了「妮可爾基德爾曼」；梅麗史翠普則成了「梅麗爾斯托利普」。這樣的拗口讓人想到日本式英文的奇怪，牛奶milk偏偏要唸成複雜的miluko（米魯庫）。所以，很多人名中間本來沒有捲舌的音，到了北京也為了入境隨俗，舌頭不免要繞個圈打結一下。

記得很早以前那部湯姆克魯斯主演的電影《捍衛戰士》吧，英文的原名為「Top Gun」，北京的各位老鄉卻要硬生生把這部片子翻為《好大的一把槍》，

後來還上了網路成為流傳在虛擬世界中的一則笑談。還有前一陣子才出來由李奧納多主演的的新片「Catch me if you can」，台灣的中文片名是《神鬼交鋒》，北京盜版的片名就成了《來抓我吧！如果你可以》。而台灣翻譯成《貼身情人》的「Two week's Notice」，盜版當然也忠於原味，直接就打上《二週的筆記》！我承認台灣的翻譯有時候是有點誇張，而且未必完美無瑕，但北京也不至於直接到這種離譜的地步啊。每次看到這種翻譯，就會想起上國中剛開始學英文時，我考英文翻譯每次都是不管文法，按照題目上的單字組合直接翻完了事，如果是一句「How are you?」我就會翻成「如何是你？」有些誇張得讓人不敢相信吧，不過這確實是我自己發生過的事情，不信的話可以問我的英文老師，保證她現在想起來臉一定還是綠的，不過我倒是懷疑在北京的英文老師是不是都這樣教的？

## ★鐵達尼號對泰坦兒尼克號

有一次與一位北京朋友喝咖啡聊天，說著說著，就講到了法國電影：

「我最近看了一部電影，真的很喜歡說！」我那懶懶的台灣腔調又出現了。

「啥名啊？」對面坐的這個長頭髮女孩子，眼睛張地大大的看著我。

「聖女貞德。」

「啥？『神女真的』？那是什麼樣的電影啊？」長頭髮開始在抓她的後腦勺了。

「妳知道貞德吧，法文是『Jean D'Arc』。」我還當場賣弄一下我的法文。

「貞德？」

「就是那個法國的女孩子啊，19歲時就幫法國打敗了英國人啊，有點類似中國的花木蘭啦。」我用力地再解釋一次。

「啊……，是『亞克的讓』吧，什麼貞德不真的，我還假的呢！」

## ★這才叫做忠於原味

有的時候你要佩服一下北京人循規蹈矩的精神，不管是哪一種語言，英文法文德文都好，他們都可以忠於原味翻得一個音都不差。不過忠於原音的同時，似乎也該想想如何尊重一下文字裡的美感不是嗎？

與長頭髮的對話持續著，我們又繼續聊這部電影，不過她的頭髮越抓越亂，台灣海峽的「心理距離」好像比我想像的大上許多。

「喂，你剛剛說的那部片子，就是關於『亞克的讓』那部，是誰拍的啊？」我聽得其實有點想把咖啡杯咬下去。

「喔，就是法國很有名的導演，我想想他拍過了什麼其它的電影……」我一時記不起來盧貝松的名字。

「對了，他還拍過《第五元素》，不過他的名字我一時想不起來了。」我接著說。

「我知道了，就是『呂客貝松』嘛，他的電影我也很喜歡看！」長頭髮終於沒有抓後腦勺了，眼睛中出現一些興奮的光亮。

「喔對！他的《碧海藍天》我也很喜歡，那部電影是講兩個潛水員的故事。」

Two week's Notice

二週的筆記

## Catch me if you can

來抓我吧！如果你可以

我抑制住抓狂的衝動很努力地接著她的話。

「碧海藍天我沒看過，不過你說的兩個潛水員那個電影我倒是看過，應該是叫做《大藍色》吧！」

第1章

# 沒有就是沒有！

「台胞同志……，」此話一出，我愣在窗口前，好像準備聽訓導主任訓話。「我跟你說，到上海的火車票已經都沒有了，沒……有……了……！」麥克風啪咑一聲關掉。

## ★要什麼沒什麼

「買東西啊，要買啥呢？」

我走進了一家藥局，想要買一點緊急時用的透氣膠帶，店員一看到我走進來就這樣問。位於西直門馬路邊的這家藥局，偌大的門面，藍色的招牌上用金色的字寫著「頂泰大藥房」（這名稱讓我想到台北的鼎泰豐，不過這裡當然沒賣小籠包和雞湯）。門口的牆壁上掛著幾個方型小金字招牌，上面分別寫著「紅旗達標單位」、「門前三包單位」、「文明服務單位」，還有一個最常見的「信得過商品單位」。

看起來好像還蠻有制度的，有這麼多金字招牌的背書，加上規模不小，這裡一定可以有我要的東西吧。穿過塑膠片作成的門簾，幾十個日光燈管下照射著的是好幾排大型透明玻璃櫃，裡面放著一堆堆花花綠綠的藥盒子，旁邊還有一個中藥部，在跟天花板一樣高的藥櫃前方，站著兩位正在大聲聊天的白衣店員。

隨便找了一個離我最近的店員，她看起來約40多歲，穿著一身典型白色藥師長袍，頭上還頂著一個圓柱型的白布帽，左胸前的口袋中插著兩隻原子筆，低著頭正在玩弄著短到不能再短的指甲。大概因為心裡正想著什麼時候要去接小孩，或是晚上家裡要吃些什麼之類的事情，她看起來實在面無表情。

「請問有沒有透氣膠布？」我開口問了一句，首先發難。

店員大姐緩緩舉起頭來，動作緩慢的程度讓我聯想到堆高機正在舉起一堆鐵塊的畫面。大約三秒鐘之後，她的眼光終於對準了我的下巴，看了我一眼。

「沒有。」簡單俐落回答我，接著又低下頭去看她的指甲。

「那你們有沒有其它的膠布？」沒有透氣的，不透氣的也可以，反正會黏就好了。

「沒有。」這位店員大姐又說，好像答錄機中的錄音一樣，語調和節奏都沒有變。

「那有彈性繃帶嗎？」

「沒有。」答錄機的play鍵又被按了一次。

「那你們有沒有什麼可以黏的東西，比如繃帶之類，或者是OK繃也可以。」

「沒有。」答錄機的play鍵再度留下一個清楚的指痕。

「那有紗布嗎？」沒魚蝦也好。

「沒有。」答錄機上的repeat鍵開始啟動。

問了四、五次，得到的答案都是同一個「沒有」。我來北京也不是一天兩天的事情了，國營企業的店員也不是第一次見識到，不過好幾個「沒有」下來，任誰都會覺得胸口有座水壩要潰堤，真想用我憤怒的大水把這些看報紙的店員全部沖到鴨綠江裡去餵鴨子。仔細想一想，在北京這些年也不知聽過多少個「沒有」了，因為這些員工不管賣出多少東西，自己的薪水都不會變；所以有時候說「沒有」可能是為了省事，少走一趟是一趟。雖然有時候真的沒有貨，但我又不是要找原子彈，這麼大的一家店，怎麼可能沒有小小的膠布呢？

## ★全部都沒有了！

有一回要從北京去上海，為了節省旅行社的「代買手續費」，我決定到車站自己跑一趟。到了北京的火車站，售票窗口前的人群密密麻麻的就像鎮暴警察，好不容易擠開窗口前的人潮，前方還有一大串排的像黑橋香腸一樣的人龍。等了20分鐘，才輪到我一睹窗裡面那位售票同志的廬山真面目。

「有明天去上海的軟臥火車票嗎？」我問的很大聲，怕窗口玻璃太厚，裡面的同志聽不見。

「沒有。」同志說了，臉上表情酷得像阿諾演的魔鬼終結者。

「那硬臥的呢？」媽媽告訴我，做人不能太享受，所以沒有軟臥，硬臥也可以。

「沒有。」同志的表情依然冷淡。

「那後天的軟臥呢？有嗎？」我還不放棄。

「沒有。」同志的臉變成無敵鐵金剛，依然沒有表情，不過更硬了些。

「那後天的硬臥呢？有嗎？」母親的話語又在我腦海中響起。

「沒有。」一記無敵飛拳打在我的臉上。

「那大後天的硬臥呢？或者是軟臥？」老師說做人不能禁不起挫折，所以要一試再試。

「沒有！」我好像看到木蘭號飛彈已經瞄準了我。

「那到底哪一天有位置去上海？」

無敵鐵金剛終於正眼看著我，一把抓起一旁的麥克風，俐落但是狠狠地打開開關，嘴唇近的幾乎要把麥克風的金屬頭咬掉，他的聲音慢慢從售票口前的大喇叭傳了出來。

「台胞同志……」此話一出，周圍的人群剎時安靜了不少，我愣在窗口前，好像準備聽訓導主任訓話。

「我跟你說，到上海的火車票已經都沒有了，沒……有……了……！」麥克風啪吋一聲關掉。

後來我買了飛機票。

第1章

# 領導不在

「小姐我要繳電話費，我的電話電話是……」
「唉唷，你等等，不行啊！」
「什麼不行啊？」心裡面開始有不好的預感。
「唷，這系統領導不在，沒有密碼，你繳不了啊。」
女同志終於睜開眼睛看我了。

## ★統一催繳紀念日

星期一早上八點睡得正香甜，電話聲突然像個三歲小孩一樣哭喊起來。我接起了電話，話筒裡傳來一陣陣標準的京片子：

「顧客您好，您的電話費已過期，請於今日內盡速繳納。您的電話費已過期，請於今日內盡速繳納。您的電話費……。」

同樣僵硬如機械般的聲音一直重複著，原來我的電話費又過期了。北京人平常辦事的效率我不敢說，但說到要催錢繳費這種事情，他們倒是勤快得很。為了不要讓室友Malte又在我耳朵旁邊碎碎唸，只得起一個大早，趕快到銀行去繳電話費吧。

不要問我為什麼沒有辦轉帳，在中國大陸這樣大的地方，雖然銀行大街小巷四處可見，不過每個銀行之間的系統就像分了手的男女朋友一樣，彼此互不往來。同一家銀行的不同分行，連通匯的業務都沒有，更別提辦什麼電話費轉帳這種方便事了。

帶著睡眼惺忪的臉，慢慢走到了銀行門口。一進門就看到窗口前排地長長

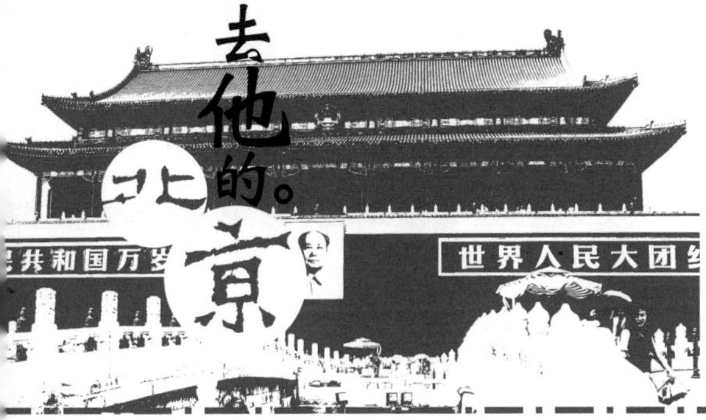


的隊伍，大概今天是「統一催繳紀念日」，大家都來繳水費、電費，或是電話費。人龍組成的隊伍，看起來像隻受了傷的毛蟲一樣緩慢地往前爬。櫃檯外每個人臉上看起來都有些焦急，不過櫃檯內坐的這些同志們倒是適合去拍咖啡店的廣告，每個人臉上都一副悠哉悠哉的表情，一面數錢一面閒聊天，有的還在喝茶兼嗑瓜子哩。

## ★領導不在就不能繳？

好不容易等了半個小時，終於輪到我了，抓緊手上的人民幣，我趕緊衝到櫃檯前。

「小姐我要繳電話費。」很快說出口，以免眼前這位同志一分神又去聊天了。

「電話號碼兒。」連看都不看我一下。

「喔，我的電話電話是……」

電話號碼還沒有報完，這位女同志又開口了：

「唉唷，你等等，不行啊！」

「什麼不行啊？」心裡面開始有不好的預感。

「唷，這系統領導不在，沒有密碼，你繳不了啊。」女同志終於睜開眼睛看我了。

「領導不在？那我還可以繳錢嗎？」

「領導不在就不行交，我們也沒辦法。」

衝出了銀行，我跳上計程車，到另一家銀行去試試運氣。一樣的人潮，一樣的隊伍，我也一樣等了半個小時。

「我要繳電話費，我的電話是64030605。」終於輪到我了。

「咦？這系統沒有密碼！」

這位銀行同志又說了一樣的話，不過這次好像比剛才有點進步，至少我已經報完我的電話號碼了。

「沒有密碼？那這怎麼辦？我今天要繳錢啊！」我有點急著問他，眼前已經開始浮現家裡電話被停話後的慘樣。

「喔，您可以去北京電信的營業所試試，他們那兒的系統應該是正常的。」

「那邊的系統跟這邊的不一樣嗎？」我懷疑我去北京電信會不會又聽到一樣的答案。

「今天是繳過期電話費的最後一天，不繳就被停話啦，他們那兒肯定正常，肯定！」這位男行員信誓旦旦地說著，我隱約可以聽到拳頭撞擊胸脯的聲音。

## ★這次一定繳得成！

沒辦法，出了門又跳上了一台紅色小計程車。車子在長安大街上跑著，爬過了一排排的車陣，好不容易才到北京電信的營業所。我還在擔心到了營業所會不會又是一樣的人龍加上排隊，然後對方跟我說：「系統壞了」？

走進去一看，營業所果然是營業所，一大長串的櫃檯，服務的同志多了不少，人也沒有那麼擠了，只排了幾分鐘就輪到我。

「小姐，我要繳電話費。」

「您的電話號碼請給我。」

果然是營業所，連這麼客氣的「請」字都出現了。

「喔，我的電話是64030605。」電話號碼都報完了，這次繳錢一定有望。

「一共是453元。」

聽到這句話，我似乎感覺到背後有燦爛煙火綻放著，眼角都感動到有點濕潤，我終於可以繳電話費了！趕快從皮夾裡拉出一張五百元紙鈔，遞了出去。

「咦，這怎麼回事？」營業所同志突然冒出這樣一句，我也好像要冒出一陣心臟病。

「我的電話費繳進去了嗎？」戰戰兢兢地問著。

「不對啊，這系統有問題啊，等等。」

背後的煙火剎時變成一對枯樹，還有幾隻烏鴉從頭上飛過，順便落下幾團排泄物。

「系統怎麼了?我的電話費進去了嗎？」我開始想哭。

「這系統沒有密碼，領導又不在。」真的完了，「領導不在」四個金屬字又重重砸在我臉上。

回到家，Malte見了我就說：

「我剛剛要打電話，可是已經被停話了，你知道是怎麼一回事嗎？」

「我知道。」臉上的表情已經變成一個國字「哭」。

「怎麼了？」

「喔，沒什麼，領導不在。」●

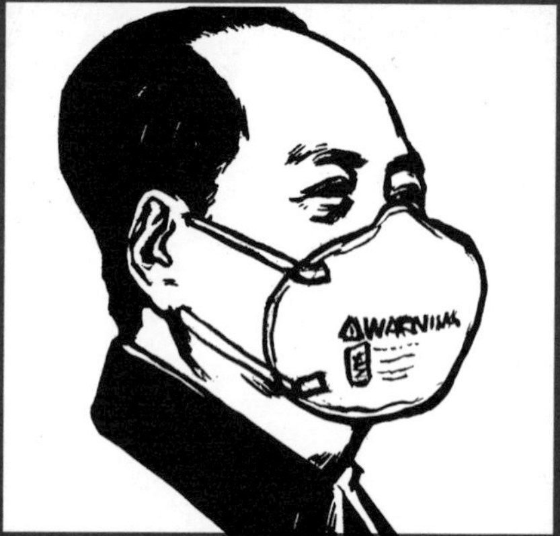


# 全部一樣的奇怪北京

除了老外一到北京就搶著去秀水街搬貨，走在大街上，北京人的穿著也常有驚人之舉：年輕人以愛迪「巴」當成愛迪「達」，年紀大一點的雖然還是會穿個西裝，不過腳下可能卻是一雙塑膠皮涼鞋。街上是最好的衆生百態觀察場，說不定也能見到一場扭曲的服裝秀。

# 2

第2章

# 面子金牌

兩個中年男子已經抱在一起。兩個人的手臂都舉得好高，一個人要往前衝向櫃檯，另一個人則一面攔著他，一面自己往前衝；兩個人一擋一衝，看起來好像慢動作的摔角。仔細一看，原來這不是摔角，是兩個人要爭著付帳！

## ★贏了面子也要保住裡子

喧嘩又熱鬧的餐廳中，穿著紅衣服的女服務生，雙頰紅通通端著菜正在招呼著客人。一盤盤泛著油光的菜盤子，從廚房的大嘴中，像時裝秀的模特兒般被簇擁著出來。一桌桌的客人則是張著大嘴吃，張著大嘴喝，張著大嘴說話。我看著桌上的宮寶雞丁，朋友手中的筷子像娃娃機中的大夾子，一塊塊的肉、花生，被夾起而後在嘴中消失。

「站住！你要幹什麼？」背後突然傳來這樣一聲大吼，我剛吃到嘴裡的宮保雞丁差一點要掉出來。

「你不要動，你給我回去！」又傳來一聲吼叫，我拿著筷子的手停在半空中，抬頭望望別桌的客人，大家都在勤奮地吃著，讓我想到那幅已經忘了不知誰畫的畫作「拾穗」。

扭過頭去一看，兩個穿著黑色西裝，大約四十出頭的中年男子已經抱在一

起。兩個人的手臂都舉得好高，一個人要往前衝向櫃檯，另一個人則一面攔著他，一面自己往前衝；兩個人一擋一衝，看起來好像慢動作的摔角。再往上仔細一看，一個人的手上已經掏出了紅花花的人民幣，另一個則是高舉著皮夾。原來這不是摔角，是兩個人要爭著付帳，這究竟是大方、豪爽，還是重視面子？

中國人愛面子這一點，不用多說。尤其是北京人，不管是大事小事，總要先把面子擺到最前面。最常見的情況，就是這種在餐廳裡搶付帳的時候；走進北京大大小小任何一家餐館，只要有一桌客人吃完了，就一定會上演一齣搶付帳的戲碼。付錢的事情小，但是面子事大，所以就算是回家三餐以泡麵度日，一定要先搶著付錢，不管口袋的深度，先搶贏這一步再說。即使這頓飯的主客之別早就已經定了，被請客的客人最後也要裝模作樣一下，算是給主人一個面子，而當主人的呢，看了客人起身掏錢，當然也要保住自己的面子。一來一往，客人搶地愈兇，行動地愈早，好像面子就愈大。

有時主人這一方不但要防守，更要加強自己的進攻。不只主人出面，連在座的親戚家人也得加入戰局，只見一群人在那裡打上一場大混戰。旁邊的客人則是習以為常，大家低頭各自吃著自己的飯，看也不看一眼。最後一陣你奪我搶之後，該付錢的終於抵達收銀機的前面，沒付到錢的一定會丟出一句「你這樣我下次不跟你吃飯了。」之類的氣話，其實心裡搞不好正在高興，既贏得了面子，也保住了裡子（銀兩）。

## ★不認識你還給你面子？

吃飯付帳的時候是最典型的面子時間，但是北京人已經把「面子」這種東西綁在身上了，動不動就會拿出面子這塊金牌來。

晚上走在三里屯酒吧街上，路旁站著的「三七仔」就會像蜜蜂見到蜜一樣，群擁而上。

「要不要小姐？」

「Ladies bar？」

一人一句問著你，非把你問出點回應不可，這還只能算是正常的拉客法。其實這裡的每個人都可以被頒個最佳毅力獎，死皮賴臉的一定要問出來什麼才肯，大部份的時候只要抱著閉關自守的戰略，打死就是不回話，這些三七仔也拿你沒法。

「要不要小姐？」

「……」

「大哥，幫你介紹個小姐，好唄？」

「……」

「很不錯的，人很漂亮的，算你便宜，去一下吧？」三七仔看起來越來越急。

「……」

「大哥，去一下吧，給我一個面子嘛！」金牌終於端出來了。

有時候你要佩服一下北京人的面子文化，不管在什麼情況下都可以用得到面子，連這種素昧生平的三七仔，都可以跟你要個面子，既無親無故，也不是認識的人，更非點頭之交，他們都可以跟你扯到面子。就算三七仔為了拉客人而信口雌黃，最後在黔驢技窮的時候，也只剩下面子一樣武器了，好像整個社會上，唯一可以把人與人連接在一起的，就是「面子」這種東西。這種講人情、重關係的面子文化，說好聽一點是人情味夠，社會夠溫暖；說實際一點，就是不知道分寸，連買賣生意願打願挨的事情，他們也可以用「面子」這頂大帽子掩蓋所有事實。

第2章

# 差不多就好啦！

在北京問路時常常聽到的答案就是「差不多就在那裡。」等到了那個他所謂「差不多」的地方，又有一個「差不多就在那裡」出現。最後實在找不到，只好打電話問對方，結果得到的回答也是：「差不多就在你那裡啦！」

## ★差不多指導方針

記得上國中還是小學的時候，有一篇文章叫做「差不多先生」，大意是說凡是要實事求是，不能差不多就好。本來以為文章中的情節，只會出現在與現實有些脫節的國與課本裡，不過到了北京，馬上就發現書中說的都是真的。

北京人喜歡說「差不多」，做事也喜歡用差不多的邏輯，所有的事情差不多就好。講好聽一點，是北京人比較隨性，比較不會斤斤計較，人情味也重。講難聽一點，就是不求實際，什麼事情都有些馬馬虎虎與隨便。買東西的時候，因為價錢差不多，所以你可以估個5毛1塊的零頭便宜；或者是兩個東西價錢差不多，藉此也可以跟小販殺個價，反正都是差不多，所以沒有什麼關係。不過回家一看，東西的品質也是在差不多的「指導方針」下做出來的，所以提包袋子的拉鍊可能用一個星期就會脫軌，褲子上頭的鈕扣穿了兩次就會自動脫落；至於那些盜版的CD或者是DVD就更不用說了，可能就跟紙做的免洗餐具一樣，聽過一次之後就再也放不出什麼音樂來。

初到北京時人生地不熟，最頭痛的就是這裡的地址系統似乎還停留在石器

時代。除了幾條主要的如長安大街、平安大道有街名與號碼之外，其餘的小街巷弄完全沒有任何辨識的方法，要順利抵達你的目的地，唯一的方法就是用問的。但是地址不齊全也就算了，被問的路人腦袋中的概念似乎也不會比你完備到哪裡去，常常聽到的答案就是「差不多就在那裡。」等到了那個他所謂「差不多」的地方，又有一個「差不多就在那裡」出現。找一個地方要問到三四次「差不多」，最後實在找不到，只好打電話問對方，結果得到的回答也是：「差不多就在你那裡啦！」

## ★ 安定門跟地安門

坐計程車去朋友家，朋友告訴我地址在「安定門」旁邊。車子開到了安定門，找到眼睛快脫窗了還是找不到朋友的地址，我像無頭蒼蠅一樣亂找了半天，竟然發現要去的地方應該是「地安門」，而不是浪費了一大堆時間的「安定

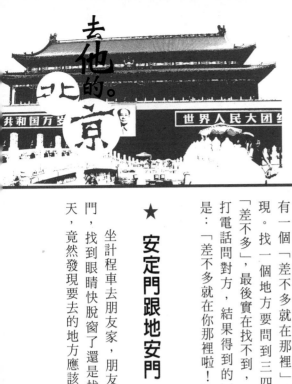

門」！「差不多，差不多啦！」朋友略帶不好意思地解釋著。拜託，字面上看起來是差不多，不過兩個地方一個在北一個在東，實際至少相差了20分鐘的車程ㄟ。

到了朋友家的大門下，這是一個看起來十分有現代感的社區，一棟棟高聳的公寓大樓包圍著寬敞的中庭，中庭裡有草坪、噴水池，以及花園步道，每棟大樓前都站了一個穿戴整齊制服的警衛。進了一樓的lobby，大理石鑲嵌的地板以及旁邊一整排不鏽鋼信箱，看起來比台灣的國宅還要高級，看起來北京的進步速度真不是蓋的，幾年前還只有灰灰舊舊的70年代五層公寓，現在到處都是這種現代化公寓小區了！

## ★這種東西也能差不多？

不過，這種印象在走出電梯之後就全部煙消雲散，走廊牆壁是整片灰色的水泥，腳下的地板更是已經龜裂到跟百年龜殼一樣；大廳中的強力聚光燈與木頭天花板，到了樓上也只剩

差不多就在那裡……告訴我！那是哪裡！！

# 去他的。北京

下一個個有電線懸掛的電燈泡，房間竟然比我當兵時睡的營房都還要差。看來北京的進步程度好像只有到一樓大廳而已，樓上還停留在70年代的時光中。

從朋友家走出來，發現大樓前還有個殘障坡道，北京到底還真是社會主義當道，連私人社區都會有個貼心的殘障坡道。相比之下，台北一些地方就顯得跟不上腳步了，想到這不禁覺得有點氣餒。不過再仔細一看，殘障坡道最下方居然還有個三層「階梯」！那，那輪椅怎麼走啊？朋友的看法很簡單：「差不多，差不多就好啦！」●

第2章

# 領導說的什麼都對！

領導，這兩個字在中國大陸不知道代表了多少的權威，國家主席可以是當然的領導，省或市級的主管也可以是領導，社區委員會的一個委員也可以是領導。既然領導代表了上級的權威，事情當然也要依照領導的意思。

## ★到底什麼時候才開車啊？

領導，每個人永遠都有一個領導。領導可以是在辦公室坐在你後面的那位同志，也可以是你心裡的檔箭牌。反正答不出來的問題，或是不想答的問題，都可以問領導，反正一切都要向領導看齊。

坐上了一班往北京開往上海的火車，原定發車的時間是晚上6點10分，這種直達列車只需要14個小時就可以到上海。所以前一天晚上由北京出發，第二天早上8點就可以到上海，北京人稱之為「夕發朝至」列車。

為了趕上這班6點鐘的火車，我4點半就趕緊離開辦公室。太早？北京市區交通永遠都處在尖峰時刻，就算是直線距離不到10公里的火車站，坐計程車最少也要花40分鐘哩。好不容易趕到火車站，剪了票上了火車，時間已經是6點5分，再5分鐘就要離站了，我趕緊把行李放好，找個舒服的姿勢坐了下來。

等著等著，都過6點15分了，還不見列車開動。大概是臨時有點事情耽擱，反正只過了5分鐘而已，也沒差，繼續坐下來翻著報紙。又過了10幾分

鐘，報紙都看完一大半標題，還是沒有任何動靜。剛好一位車掌經過，好奇地問他：

「車子怎麼還沒有開啊？」

「有點事，要遲一些開，領導說的。」這位車掌急著想擺脫我。

「那要什麼時候開？」我緊抓著他不放。

「不知道，反正晚一點，領導說的。」

「但是你這樣到上海就會誤點，我會趕不上開會。」我開始祭出後果牌。

「不會，不會誤點，我們列車最準時。」

「可是已經遲了半個小時，難道不會誤點嗎？」

「不會，領導說的。」

## ★領導就是權威

領導，這兩個字在中國大陸不知道代表了多少的權威，國家主席可以是當然的領導，省或市級的主管也可以是領導，社區委員會的一個委員也可以是領導。只要是你的上級，就是你的領導。既然領導代表了上級的權威，事情當然也要依照領導的意思。因為你是一個好公民，所以當然要感謝領導的照顧，也要聽領導的話。既然要聽領導的話，所以什麼事也可以由領導負責，跟你一點關係都沒有。

北京今年冬天特別冷，出現52年來難得一見的大雪。北京市為了要照顧「廣大群眾」，特別統一規定提早供應暖氣。不過，偏偏我們家的暖氣就是不

## 第2章

冷，眼看外面的雪已經下到快有膝蓋厚了，暖氣還是沒有來。

「我們的暖氣還沒來ㄟ。」我在電話中跟房東抱怨。

「今年你們那裡會有一點遲。」房東隨便應付著。

「可是要遲到什麼時候？我快要冷死了！」

「不知道，領導說的，你去區委會問吧。」

挪動我凍的快要像冰塊一樣的身體，一步一步的走下樓梯，準備到「區委會」（小區管理委員會）去找領導。走進辦公室，看到一位領導，趕快走上去問。

「為什麼我們小區的暖氣還沒有來？」我瞪大了眼睛，希望裝些可愛可以博得領導的同情。

「暖氣啊，要再等一下，今年我們這兒會晚一點。」領導告訴我，臉上一副「你這傻B裝什麼可愛，有病啊？」的表情。

「可是已經很晚了，要晚到什麼時候？」我眼睛又睜的更大一點，其實還是小眼睛。

「你再等一等吧，不會太久。」領導看到我又睜大的眼睛，臉上有點快要吐的感覺。

「那到底是多久？」我的眼角想要擠出一點淚光。

「我也不知道，領導說的，你去問街道委員會吧。」這位領導連忙捂著嘴，衝進廁所準備大吐一番。

拖著我凍僵的腳，我又走到一條街外的「街道委員會」。一進門，我又抓到一位領導，趕快睜大我的眼睛，跟他問著：

「為什麼我們小區的暖氣還沒有來？」

「台胞同志吧？」領導好像認出我的口音來。

「對啊，我是台灣來的。」

「已經有好多人來問過了，我們也知道你們的小區暖氣來沒有來。」看來區委會那位領導傳話的工作倒還比較有效率。

「喔，那到底為什麼暖氣還不來？」我就是要一個答案。

「晚一點，晚一點就來啦。」這位街道委員會的領導也說著同樣的話

「那晚一點是要到什麼時候？」如果我沒記錯，這是第三次問這個問題了。

「我也不知道，領導說的。」

坐上計程車，因為我已經沒有力氣走回家了。司機有點好心的跟我開個話題：

「你看今年咱這兒冬天多冷。」

「是啊，是很冷。」

「零下20度了吧，北京幾十年都沒有這麼冷過。」

「真的？北京以前真的沒這麼冷過嗎？」

「應該是吧，領導說的。」●

# 怎麼會有兩種價錢？

中文菜單上的宮保雞丁是18元人民幣，可轉到了英文的菜單上，就變成38元人民幣一盤；其它的菜色也是一樣，英文菜單的價錢比中文菜單上的通通貴了2倍，我們立刻覺得似乎被人用竹棍子敲了好幾下。

## ★我是外賓

北京幾乎所有的東西都有兩個價錢，最早以前有外匯卷與人民幣兩種貨幣。台胞與外國人規定只能用外匯卷，每樣商品上都會有兩個標價，上面的是外匯卷的價格，底下則是人民幣的價格。當然，專門為吸收美金所設計的外匯卷，價格當然要高一點，不然怎能顯出祖國對外籍人士的「厚愛」呢？

過了幾年，外匯卷取消了，可以和一般的老百姓用同樣一種貨幣，商品的標價上也只有一個價格了，不過兩種標價的習慣還是不變。不管你去哪裡，都會發現有所謂的外賓價以及內賓價，就算沒有光明正大的給他標出來，收錢的人在心裡也會幫外賓多加個幾成價錢。

最明顯的就是到各個觀光景點，以紫禁城來說，幾年前午門外的兩旁各有一個售票口。一個是普通售票處，另一個則是所謂的「外賓」售票處。普通售票處用中文大大的標示出來，「外賓」售票處則是只有英文沒有中文。不管是

什麼時候，普通售票處的前面總是排了一長串的人龍，對面的外賓售票處則是小狗一、兩隻，冷清的如同冬天的樹枝。第一次去紫禁城的時候還搞不清楚狀況，想說可以利用我那綠色的台胞證，省下一大堆排隊的時間。興沖沖地走到沒什麼人的「外賓」售票處，付了55元人民幣，拿回一張跟飛機票一樣大小的入場卷。走出票亭，往午門大步走的時候，順便帶著一點幸災樂禍的心情望了對面的「普通」售票亭。一看才知道原來「外賓」票是55元，而「普通」票只要三分之一不到的15元。難怪一大堆人都要跑去買普通票，只有看不懂中文的老外和我這種自以為是的呆胞才會跑去「外賓」售票處。不過，兩個價錢還是兩個價錢。

除了觀光景點之外，在北京連一些餐廳也會玩玩同樣的技倆。走進一家裝潢還算可以的餐廳，因為剛到北京沒多久的George看不懂中文，所以我們向服務生要了中英文菜單各一本，看著菜單心裡正盤算著要點些什麼菜，最好是那種「俗又大碗」的，因為北京盛菜的盤子總是大的跟個臉盆差不多，價錢也貴不到哪裡去。選了幾個菜之後，George突然用他那尾音上揚的英國腔問我：「北京的菜怎麼都這麼貴？」照我們剛剛點的那幾個菜，兩個人吃下來也將近兩百元人民幣，他明明記得大家都跟他說在北京吃飯很便宜的。我看了看他，心想這個英國佬是不是把匯率搞錯了，還是眼花自己看不清楚，明明一盤宮保雞丁只要18元，這已經算是很OK的價錢了，我們不過點了4道菜，總共也不會超過一百元人民幣，怎麼可能多到兩百人民幣。

兩人在那邊嘰嘰聒聒講了好一陣子，頭上的霧水是越來越厚，眼看就要籠罩我們頭髮不多的山頂，還好霎時霧水中出現一盞燈泡：我們把中文與英文菜單拿出來比對一番，這才發現中文菜單上的宮保雞丁是18元人民幣，可轉到了英文的菜單上，就變成38元人民幣一盤；其它的菜色也是一樣，英文菜單的價錢比中文菜單上的通通貴了兩倍。我們立刻覺得似乎被人用竹棍子敲了好幾下。

## ★這樣算劫富濟貧嗎？

這種「反正你比較有錢，所以我多賺也是心安理得」的心態，的確不是讓人很能接受，不過到最後也可以稍微體諒一下就是。有次跟一個在潘家園賣雜貨的朋友談到這種敲竹槓的現象，只見他滿口說的是「不能比，不能比呀」。

他認為台灣與西方國家的收入不能跟北京人賺的錢比，所以多收或者是多削你們一點錢是理所當然的。然後又搬出了一大堆道理，企圖說服我，因為國情不同，收入不同，所以對待老外與台胞也要配合他們國家的情況。因為這些人賺的錢比較多，自然消費能力也高的多，要收他們高一點的價錢，才能給這些觀光客一些「回家的感覺」。意思就是反正你們有錢，我們收入少，就算是用騙用拐，拿有錢人的錢就像是羅賓漢劫富濟貧，都是天經地義的。

他說到這裡還沒完，接著又跟我說，中國人這樣做，是為了要縮小現在世

界上的貧富差距，用富有國家的金錢，幫助發展中國家的民生經濟。最後可以促進整個世界的經濟發展，以便於全球人民的和諧相處。聽的我是眼睛越瞪越大，我真的有我看起來這麼笨嗎？好不容易聽完，差一點要幫他報名「羅賓漢說共產教條」演講大賽，他一定可以拿個冠軍為中國人爭光。

## ★我的血也是紅的

鄰居Jim不小心騎單車摔倒，腿上摔出一個不算小的傷口，他急急忙忙跑到醫院，急診室中掛著一個收費表，上面寫著「急診掛號費一律7元」。醫生幫他包紮之前，先叫他繳錢。Jim從口袋中掏出7元，結果護士跟他要50元。不為什麼，只是因為他是外國人，反正你傷口正在流血，要不要繳錢就看你了。想要討價還價的話就去別家，希望你不要在路上失血過多休克就好。Jim看著他的傷口，臉上很臭的拿出了50元，一面交給護士，一面用中文抱怨說：「大夫，為什麼我要付比較多錢，我的血也是紅色的啊！」

無論是買東西或吃飯，故意把價錢拉高等著你來殺也就算了，反正最多不過是多花點時間講價。這種買賣是兩相情願的事情，大不了不過不買而已。不過很不幸的是，兩種價錢的觀念，已經變成是北京人的一種本能反應了，甚至已經凌駕馬克思主義之上。很多時候是沒有原因的，只要你是外國人，就自動幫你加價錢。不為什麼，誰叫你倒楣要到中國來，誰叫你臉上寫的就是「我願意付較貴的價錢」。●

第2章

# 再怎麼殺也是冤大頭

**剛到北京的時候，殺價都是秀秀氣氣殺個5元意思一下就好。不過久了就慢慢發現原來自己的臉上也是寫了「冤大頭」三個字，原來以為30元就已經很便宜的東西，其實真正的行情成交價只要10元人民幣！**

## ★演技大車拼後帶來的虛擬快感

外國人來中國大陸，最擔心的事情之一，就是怕被敲竹槓。賣東西的小攤子，一看到你是高鼻子綠眼睛的老外，或者是聽你一開口就是台灣腔普通話，價格馬上就會翻「500翻」。反正賣東西的人先把價格拉高，然後再等著你慢慢殺價。你要是殺價的價格不高，就是讓他賺到。你要是殺的鋼剛好，他也沒有什麼損失，反正原來就是應該要賣著個價錢。買東西的以為自己殺了一大半，一定省下來一大筆銀子，賣東西的卻是在後面暗笑自己又削了一個「潘阿」。因為到頭來不管怎樣都是賣東西的人賺，買東西的只是多了一些虛擬的殺價快感而已。

舉例來講，在天安門、紫禁城、或是潘家園等等觀光景點都可以看到的「複製新版」毛語錄，小販們開口的價格往往都是40到50人民幣一本。稍微良心發現一點的，會跟你要價35元，然後還會加一句「這已經是最低價了兒，整條街找不到更便宜兒的啦」。接下來，你就會看到那些觀光客開始殺

個10塊錢：「25元」，小販會說「不好啦，28元好了」，然後就兩個人一來一往的交手幾個回合，終場成交價就是30元，剛剛好是25與35元的中間價。

有一點殺價經驗的人，會一次殺個20元，從15元開始喊。小販就會露出一個愁苦中又帶點快感的表情，愁苦的表情是故意告訴你這個價錢真的很低，給你一點自以為殺到好價錢的錯覺。快感則是來自於一種扭曲的挑戰感，大概因為好久沒有人可以一次開口殺的這麼上道，讓他可以練習一下演技。兩個人一來一往的，最後以20元交。不過等到你興沖沖的丟出20元的紙鈔，拿起你的紅色亮皮毛語錄。轉眼之間他就會回頭在自己的筆記本上的正字多畫上一條線，今天又多削了一個豬頭。

這種殺價的感覺其實好像回到了過去的菜市場，為了一顆白菜在哪裡講了好幾分鐘，最後還要多凹一顆大蒜或是辣椒才會過癮。剛到北京的時候，一切都覺得那麼便宜，20、30元人民幣的東西出手根本不在乎，連殺價都是秀秀氣氣殺個5元意思一下就好。不過久了就慢慢發現原

來自己的臉上也是寫了「冤大頭」三個字，原來以為30元就已經很便宜的東西，其實真正的行情成交價只要10元人民幣！不過不管你再怎麼殺，永遠都有一種被削凱子的感覺啦。

## ★價格要按照「身份」來定？

星期天，跟朋友到雙龍舊貨市場去逛逛，隨手撿了一本地攤上的文革畫冊來看看，抽著雲南捲菸的小販一開口就要50元。好不容易殺到了30元，心想這麼一大本畫冊，30元人民幣相當於120元新台幣，價錢也算是公道了。付了錢東西也放到背包中，正準備要走的時候，旁邊來了一個戴著眼鏡的北京老頭，拿起相同的畫冊問價錢，小販一開口報的價錢卻只要10元，這種嘔氣的感覺可是其它地方找不到的，誰叫你是台胞，要講著一口的台灣口音普通話！

曾經有一次跟一位北京朋友談到這種現象，為什麼北京人都喜歡跟外國人或是我們這種呆胞索求高價，為什麼不能來個「不二價」運動呢？朋友的回答很簡單：

「那是因為不同國情的關係，」朋友接著說：「你們呢，生活水平比較高，收入比較高，我們就是顧及到了這一部份的現實，所以價格自然就要符合你們的身分啊。」

朋友說話的樣子那麼理直氣壯，而且說到最後還吐出一口白煙，我差一點

去他的北京。
共和国万岁
世界人民大团

要幫他報名世界政治家講演大賽，聽得真是讓人心口波濤洶湧啊。●

買吧！

产阶級文化大革命
万岁！
伟大的领袖毛主席万岁！万岁！万万岁！

# 超神奇有線電視

**晚上的節目總會精彩一些吧？一個女人穿著好像80年代的高間軍裝，還有畫的像廟會乩童一樣的濃妝，在那高唱著「黃河呀，我的母親河……」天啊，乾脆直接去聽我家的貓叫春可能還好一點。**

## ★總共有80個頻道ㄟ！

新聞聯播就是對付「遙控器按不停症候群」的終極殺手，因為北京每天晚上七點鐘一到，雖然你裝的是有線電視，但70個頻道全都換成一樣的節目，就算你按到手軟也是一樣啦！從北京的電視節目，就能看到最典型的「中國大陸式」的大眾價值觀。

回到台灣以後，發現大陸的清裝連續劇在這裡很風行，不禁讓我想起了大陸的電視劇。台灣有線電視頻道動不動就是七、八十個，每天晚上要選什麼節目來看永遠是一大難題。我是天生就患了電視不專心症候群加上電視上癮的病患，有多少的頻道，一定要飛把它們先瀏覽一遍再決定不可。尤其在台灣的時候，症狀更是嚴重。因為這麼多的頻道，新聞、戲劇、運動，還有一大堆阿里不達的綜藝節目，光是手指按遙控器的時間，大概就多於我看電視的時間。不過，一到了北京之後，我的症狀又加重了不少，大拇指的肌肉已經按遙控器按到腫大三倍。

到北京的第一個星期，最重要的事情就是先將有線電視的線裝上。在台灣已經熱鬧如夜市般的有線電視頻道，是我除了報紙、網路，以及雜誌之外最主要的資訊來源。所以一到了北京，第一件要做的事就是跟房東打聽我的電視狀況。房子裡沒有電視？小區中可不可以接有線電視？

「那我可以接有線電視嗎？」

「當然可以啊，不過你要自己付錢。」房東嘴角有點上揚。

「你們這有線電視有多少個頻道？」我開始有點好奇的追問下去。

「頻道啊？那可多了，咱麼這兒有線電視的頻道可發達囉！」

「那這樣是有多少台？」

「幾台我就不知道了，不過最少也有個七、八十吧，而且各種各樣什麼節目都有。」

一聽到「七、八十」，我心中的電視細胞就開始狂喜。出門在外也沒有什麼娛樂活動，但我最喜歡的就是看電視（這大概也是我從12歲就開始戴眼鏡的原因吧！）。北京的有線電視費用很便宜，一年期的費用才不過150塊人民幣，算下來一個月也不過12多塊人民幣，折合新台幣才50元不到，比我在台北訂報紙都要便宜個好幾倍哩。

## ★ 怎麼看起來都一樣？

接好了電視，按著遙控器上的選台鍵，一個個頻道往上選。55、56……真的有好幾十個頻道，頻道選擇是多得沒話講，可是總覺得不對勁，因為看來看去，幾乎所有的頻道看起來都一樣。北京電視一台、北京電視二台、江西台，或者是黑龍江台，管你是哪一個省份的電視台，撥出的節目幾乎都是大同小異。早上的節目我沒機會看所以無法評論，傍晚的時候一定會播連續劇，接著就是七點整的新聞聯播。這奇景真的可以列為北京十大驚奇之一啦！因為每晚一到七點，幾十個頻道就全部撥出同樣的中央電視台新聞聯播，不管再怎麼換，所有的電視畫面全部都一樣：就是那兩個正襟危坐的一男一女主播，面如石板一樣地唸著講稿。而且，每天的第一則新聞一定是中國大陸領導人的相關消息，不是這個主席接見了哪位外賓，就是那位書記發表了什麼談話，換來換去全部都是一樣，好像回到台灣以前三台聯播的日子，不過規模擴大了20倍罷了。

新聞聯播也罷，晚上的節目看看有些什麼，總會精彩一些吧？一個女人穿著好像80年代的高間軍裝，還有畫的像廟會乩童一樣的濃妝，在那高唱著「黃河呀，我的母親河……」天啊，乾脆直接去聽我家的貓叫春可能還好一點。不然就是玩些老掉牙遊戲的綜藝節目，什麼比手畫腳、還有看圖

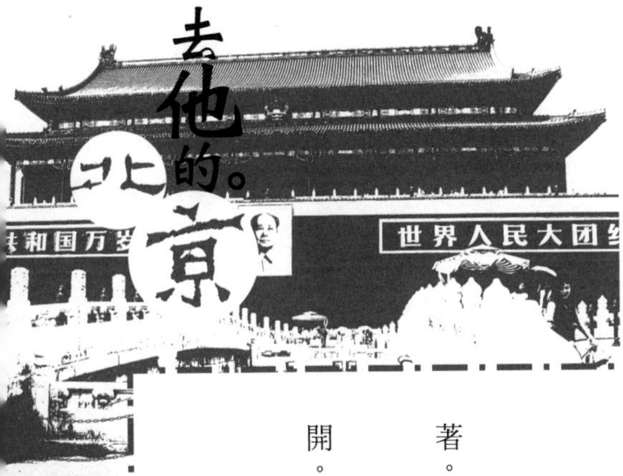


猜字之類的，這種東西台灣早就沒有人在播了，這些節目居然還拉得到廣告，真是佩服之至。

看看連續劇吧，除了千篇一律的清裝劇，滿清十三個王朝皇帝全部演完不夠，還要演底下的大臣小傳，比如什麼打擊犯罪貪污的時裝劇《特貪案》、《重大犯罪實錄》之類的。而且更神奇的是，幾乎每樣連續劇，這一台播完了就會輪到下一台播。這一集播完了，不過癮，轉個台又是下一集正開始上演。

轉來轉去，全部都是一個樣子，而且劇情你一定可以料想得到。皇帝一定奠定了他的功績，統一了大中國的江山，貪污的一定被一位出淤泥而不染的書記嚴逞。轉到我的大拇指都在喊無聊了，我輕輕按下了電源鍵，把電視關掉。

「電視裝了吧？」房東一面數著我的房租，一面問我。

「裝了。」

「怎著，我告訴你，我們這電視台什麼都有吧！」這位老北京人很自豪的說著。

「是啊，所以我裝了電視呀。」

「這就對吧，我跟你說的準沒錯！」房東把錢放進口袋後，轉身帶上門便離開。

第2章

# 我們這是電視上有廣告的！

**只要店員一句「我們這是電視上有廣告的」，就可以讓顧客心甘情願地掏出幾千元人民幣，至於款式與顏色怎樣？就完全不重要了。結果往往有錢人穿的像「田橋仔」，剛出來上班的年輕人反而穿的像倫敦律師事務所合夥人。**

## ★名牌最重要，款式誰在乎

仿冒品的充斥，讓北京街頭到處都可以看到名牌。有錢一點的人就買些假錶戴戴，再加上GUCCI的皮包充個場面；經濟能力稍微差一點的，也可以混上一件B「A」SS夾克，或是一雙勾子朝向左邊的N「J」KE球鞋來穿穿。反而是百貨公司中的本地品牌，像「別克」或「秦嶺」等牌子穿的人少。

其實這也不難了解，因為一件仿冒的襯衫最多不過40元，既不用作行銷廣告，也少了設計的成本，只要直接copy就行了，價錢當然可以壓低。而一件在百貨公司賣的正牌襯衫，標籤上的定價動不動都是由100元起跳，就算打折的時候也要7、80元一件，樣子也未必好看到哪裡去。有錢一點的人，自然會想要穿些標榜「正統」、「正牌」，貨真價實的「正貨」，最好還能在電視上有打個廣告，請明星來代言的牌子，才可以顯得出自己的「行情」。

只要牌子名氣夠大，品牌代言的明星夠紅，而且最好在百貨公司有一整層

的專櫃，那不管是什麼價錢都可以掏得出來。款式如何誰在乎？永遠比不上牌子的名氣來的重要，只要身上是名牌，即使你穿的像80年代Disco舞星都沒關係。

有一回我到一家大陸公司跟對方開會，對方出來兩個人接待，一個戴著方形金邊眼鏡，身穿格子花紋無領外套，裡面的襯衫款式好像在你父親當年的結婚照片上看過，再加上一個有奧運金牌大的金色鑲鑽皮帶扣，以及方到可以當木匠規矩的皮鞋，腋下再夾一個鞋盒大小的皮包。

另一位則是一身深色西裝，內搭深藍色牛津式襯衫與暗紅色的領帶，斯斯文文的長相還拿著一疊檔案夾，胸口掛著一張護貝過的識別證，一副香港上班族的俐落感。直覺的反應讓我先拿出名片，很客氣的先用雙手把名片遞給黑西裝，再遞出第二張給皮帶扣。我看了看對方遞過來的名片，黑西裝只是一個部門的小職員，因為主管出差才被派來代替開會，皮帶扣卻是華北區總經理兼CTO！這差點讓我的社交信心全部崩潰，可能要重回大學補修一下社會另類心理學。

在這種扭曲的市場發展下，仿冒的產品滿街都是，價格便宜之外，款式保證跟得上歐美的水準。而正牌的廠商則要花上大筆的銀子作品牌形象、廣告費、還有倉儲等。再加上大多數人只認電視上的廣告，上了電視則萬事足矣。只要店員一句「我們這是電視上有廣告的」，就可以讓顧客心甘情願地掏出幾千元人民幣，至於款式與顏色怎樣？就完全不重要了。結果，往往是有錢的人穿的像「田橋仔」，剛出來上班的年輕人反而可以穿的像倫敦的律師事務所合夥人。

## ★假一賠十

高級服飾有人仿冒不稀奇，在什麼新鮮事都有的北京，連一些超低價位的商品也難逃一劫。一般巷口的小店鋪往往都會在門口放一個牌子，上面用著有點歪曲的字體寫著「假一賠十」，意思就是如果你在這家商店買到了假貨，拿回來退還的話店家會多賠給你十倍的數量，用意不外是展現一下店家不賣假貨的決心與保證，真能退得成的有幾個人我就不知道了，不過由此可見在北京仿冒品氾濫的可怕程度。

中國人的手工藝水準是出了名的好，從有幾百年歷史的故宮珍藏，到現在秀水街上的各種手錶、皮包、還有衣服，每一個都是作的唯妙唯肖，猛一看根本分不出真假。管你是星期假日還是星期一一大早，秀水街總是人滿為患擠得滿滿的，就算是冬天的大雪與夏天的熱浪都擋不住。一隻正常要價13萬新台幣的IWC手錶，就算是在台灣的黑市也要3千多新台幣的行情，到了秀水街卻只要賣400元新台幣而已，而且小販還會告訴你「有問題來找我，保證幫你換到新，我每天都在這兒。」當然賣東西的人會在，只不過買東西的多半都是來北京幾天而已的觀光客，哪有人真的有時間回去找他，這種話不過是說說而已。

秀水街擠滿了觀光客買仿冒品就算了，那裡最多也只是一條50公尺長的窄巷子，兩邊擠滿了不到2坪大的店鋪。天壇的東門對面，還有一個規模更大、更壯觀的紅橋市場。整個建築就像一棟百貨公司一樣，一到三樓都是賣這些仿冒的名牌商品。衣服、手錶、皮包、還有屬不清的小玩意，反正只要是現在當紅的設計名牌，這裡一應俱全。而且不只仿冒那些高價的ARMANI、GUCCI、或是PRADA，就連一般年輕人愛穿的Levi's、GAP、或者是台灣比較冷門的ECHO與FOX都有。擺明了就是要賣給各種年齡層的客人，大小通吃。更讓人振奮的是，只要國外的市場一推出新的產品，這裡幾個月就馬上會上架，在流行資訊不發達的北京，這裡反而成了一個窗口。要找流行的新貨，不用去翻雜誌或者上網等個半死，直接到紅橋看看就知道了。這些被仿冒的廠商，搞不好還在中國多了一些讓產品曝光的機會哩。

## ★ 吐不出煙圈的假菸

在小雜貨店中最常見的假貨就是香菸。進口的香菸有人要仿冒，因為一包普通的萬寶路在北京竟可以賣到20元人民幣（在台灣的7-11也只要一半的價錢而已），這種高價位的商品當然要仿冒囉，有錢大家賺，不削白不削嘛！而且現在國外的菸商像是過街老鼠，ARMANI與LV都管不到了，這些菸商每天挨告都來不及，哪有時間管到地球另一邊的祖國大陸。

價位高的香菸有人要仿冒，看在利潤的份上還可以了解，不過一包售價6塊人民幣的中南海香菸，也是假貨到處有。這種香菸的售價本來就不高，就算你是撿到拿來賣的，最多也不過一包賺6塊錢，合台幣24元左右，不過還是有人搶著要做。外觀看來怎麼看都分不出來，從印刷到商標、標籤、包裝等都跟真的差不多，這種技術做的跟真的一樣，還不如乾脆出來自創品牌，增加銷量還可以強化祖國的國際形象。不過要分辨香菸的真假倒是不容易，據說假菸吐出來的煙跟真的不一樣（大概真的香菸會自動吐出煙圈，假的比較難吧？），也許就卡在這個技術關節上，所以只能躲在檯面下自己做香菸了。

## ★ 買條「糕露潔」吧

仿冒的中南海香菸，如果你在路上眼睛睜大一點，撿來賣就可以賺6塊錢，多賣一點其實利潤也不算差；因為抽的人多，每天消耗量大，薄利多銷，加上振興民族工業以及增加消費者選擇的心態使然下，仿冒也情有可原。不過一般人大約半個月才買一次，一條只要4塊錢的牙膏也有人要仿冒，這就令人匪夷所思了。這種產品不但價錢低，一般人也不會天天買，除非家裡是開動物

園的，每天要幫猩猩猴子刷牙才用得到這麼多，再不然就是假菸販子覺得大家抽了菸吐不出煙圈，所以一定會猛吸香菸，最後弄得滿嘴黃牙，所以特別做了些牙膏，跟假菸一起配套販賣，也算是回饋一下社會。幸運的是，這些人還沒有將牙膏做的跟假菸一樣與真貨看不出來。如果是Colgate高露潔，就會自動轉換成Calgate糕露潔。大概是仿冒牙膏的刑罰比仿冒手錶與香菸來的重，所以自動迴避一下。

現在知道有這麼多仿冒品了，所以每次要買牙膏牙刷的時候，我都會挑選燈光明亮的超市，免得到時候買回家才發現牙膏擠出來是一團白色的乳膠物質，牙刷在刷到左邊臼齒的時候就會開始分解。走進了這家大型的超級市場，好不容易左挑又選，確定了雷射商標、包裝封口齊全，英文拼音也正確，如果不是因為這一天是星期天人家不上班，我會差一點打電話去北京分公司跟他們核對產品的貨號。一切看起來都很安心了，最後還要用力丟進推車中，因為假牙膏外包裝不好，絕對禁不起這樣一摔。到了櫃檯，我拿出一張50元紙鈔準備付賬，小姐接過了鈔票，用手指揉了二下，面無表情地說：

「先生，請你換一張好嗎？」

「為什麼？」

「這張是假鈔。」●

第2章

# 魔戒第三集？

**指．環．王．第．三．集，天啊，連第三集都跑出來了！中國大陸的盜版問題舉世皆知，無論吃的、喝的、用的還是玩的什麼都可以盜版，只要是國外新出來的產品，這裡要不了多久，甚至是同步時間就能有複製版的出現。**

## ★你抗議你的，我照樣賣我的

吃過了晚飯，我正準備坐下來抽管捲菸，突然門口的門鈴響了，走進來的又是我的鄰居Nick。他臉上帶著一點詭異不羈的微笑，手中晃著一片亮亮的DVD。

Nick一開口就很興奮地說：

「你猜猜我今天找到了什麼？」

「我還給你Discovery頻道哩，找到你的大腦了嗎？我怎麼知道？」

「亂講，我找到這一片DVD啦！」

亮著手中塑膠套包裹著的DVD，我定睛一看，原來是電影《魔戒》；等等，這樣說不完全正確，大陸這裡不翻成「魔戒」而是翻成「指環王」，這又是另一個從英文「直接」翻譯的怪例子。不管是魔戒還是指環王，我心想，這有什麼好稀奇的，台灣早就演過了，現在就算拿著魔戒第二集，也不用這麼興奮吧？

「這不是早就演過了嗎？你這麼高興幹嘛？」順便給他一陀我的白眼球。

「你這個白痴，再給我看仔細一點！」NICK一屁股坐在沙發上。

沒錯啊，的確是「指環王」：指・環・王・第・三・集，天啊，連第三集都跑出來了！中國大陸的盜版問題舉世皆知，無論吃的、喝的、用的還是玩的什麼都可以盜版，只要是國外新出來的產品，這裡要不了多久，甚至是同步時間就能有複製版的出現。更新頻率最高的，就算是大街小巷都買到的DVD了，雖然中國大陸的電視節目出奇的無聊（50個頻道換來換去都是一個樣子），不過住在北京最大的好處，就是隨時都有新上映的電影可以看。以時間上來說，只要好萊塢一出新片，管你亞洲什麼時候上映，北京街頭就賣得到處都是，而且這些片子不只以美國為主，香港、澳洲、歐洲等地的新片一樣找得到。也難怪這幾年會看到成龍以及一大堆明星要在電視上大喊反盜版，以一種不惜決一死戰的心態，跟盜版業者拼了，如果不到北京看看，你大概不能體會這些電影人的感受。不過任憑這些大明星喊得再用力，北京的DVD小販一樣用力的賣，更諷刺的是，反盜版廣告沒有一個可以在中國大陸看的到。所以完全是你喊你的反盜版，我賣我的DVD。

## ★「拋棄式」DVD

暑假是台灣電影的旺季，不過每年暑假要在台灣上映的電影，北京早在三、四月就已經在街頭巷尾上市了，所以每次六、七月回台灣的時候，我總會帶一些DVD回去，一方面當作禮物贈送給親朋好友，一方面經濟不景氣也可以大家多省一點電影票錢。

除了盜版DVD上市的時間迅速得無與倫比之外，價錢也是便宜的無與倫比。「什麼？一張DVD只要一塊美金？」10個來北京玩的外國人，大概有9個在看到這些DVD小販時會這樣驚呼。北京的DVD小販到處都是，其實早已經是司空見慣，但是價錢便宜到這種程度，真可以說是粗暴地強姦智慧財產權啊！一張7元人民幣的價錢，大約合新台幣28元，比在台灣租一片DVD還要便宜，如果你再買多一點，跟老闆混熟了，那價錢更是可能低到5元一張，簡直低賤到變成看完就可以丟掉的「拋棄式」DVD！所以一個星期買個十幾片DVD，已經快成為北京人的日常生活必需品了。

## ★便宜可不一定有好貨

雖然便宜到無與倫比，這裡DVD的品質也是爛到無與倫比，每買10張DVD，大概就有一到兩張是一開始就放不出東西來的；

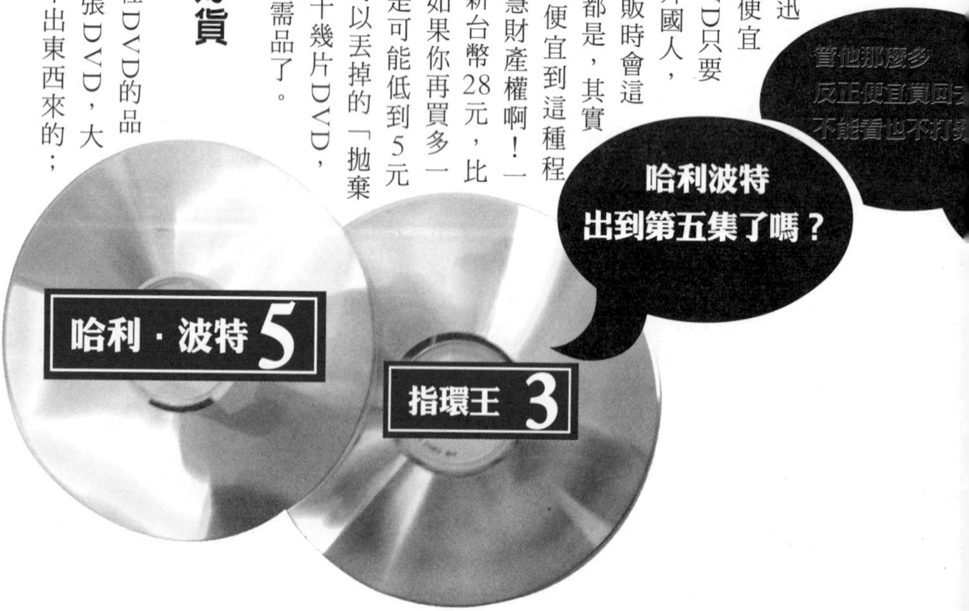

而剩下的8張也好不到哪裡去，有幾張一定是正看到關鍵高潮的時候，畫面就馬上停格不動了。任憑你再怎麼按遙控器或是跟你的DVD機大吼大叫，把DVD拿出來擦了又擦，畫面還是會停在原地，就像一隻慢牛傲慢地坐在忠孝東路中央，慢慢舔著地上的FM2，然後在大家的注目下睡的死疾。氣嗎？當然！可是又能奈它何？

Nick很興奮地把塑膠封套拆開，粗魯拔出那張亮晶晶的碟片，再用非常粗魯的動作塞進我的DVD機中；我終於點上一根菸，準備坐下來。

「嘿嘿，我一定要寫e-mail告訴我哥，我已經看到《魔戒》第三集了，他們還在等第二集哩！」Nick興奮得要命。

「真的？可是第二集才剛剛出啊，第三集怎麼會這麼快？」我好像看到一尾狐狸走過去，身上噴了一個大大的「疑」字。

「管他的，一定是好萊塢哪個笨蛋不小心流出來了。」

「先看再說吧。」我無奈的吐了一口煙。●

# 充滿對比的矛盾北京

在北京，你可以看到賣力騎著三輪車滿街跑的車伕，也不時會發現開著保時捷狂飆而過的有錢人；一般的市井小民可能只吃得起5角一張的大餅，但是花40元人民幣叫一張外送披薩的也大有人在；摩登的大樓上，有人住在一個月要2000美金的高級公寓，地下室沒有窗戶的陰暗地窖中，則塞滿了從外地來北京打工的人民。這就是北京，充滿對比的北京。

# 3

# 新寵物文化

同一條大街上可以看到把狗當成金主的寵物美容院，也可以看到把狗視之為盤中物的狗肉店。一邊是開著黑頭轎車的暴發戶，正準備幫狗洗個一次100元人民幣的美容澡；另一邊則是剛發薪水的民工，準備去餐館吃頓30元人民幣的狗肉大餐。

## ★狗口衆多

記得小時候家裡養過一隻北京狗，長的像繡球一樣的白毛佈滿全身，加上塌到凹進去的鼻子，還有分的十萬八千里遠的眼睛，活生生就是一個不像狗的狗樣。那個時候台灣的北京狗少得可憐，寵物店也還不是很盛行，只有在少數一些狗園才找得到。每次看到我們家那隻狗，就納悶為什麼長成這樣的狗要叫做北京狗？十幾年過去了，這個問題一直還是個問號。

到了北京之後，我心中關於這方面的疑惑又更大。因為北京這種地方的氣候真的不適合狗居住，夏天的氣溫高達40度，冬天可以冷到零下20度，春天又有沙塵暴。照理來說，能在北京生存下去的狗，應該是像台灣土狗或是秋田犬之類，既強悍又可以忍耐這些嚴酷環境的狗種才是，嬌生慣養的這種長毛小狗，為什麼會打敗其它的狗類，變成北京的特產呢？

記得七、八年前來北京的時候，我就想要看看北京狗在北京到底是怎麼活

下去的，不過那個時後，路上連一隻貓都很難看見，狗根本是連尾巴都沒見著。隔了七、八年，我又來到北京，這次可不一樣了，路上可是狗口眾多，青一色的都是北京狗。似乎改革開放了之後，連動物們都是蓬勃發展，不只有狗，隨時抬頭一望，牆頭上就站著一隻正在舔爪子的白貓。

## ★有錢大爺繳狗稅

北京人養的狗是同一種，不過狗在北京的處境可是大不相同，不同的時間你會看到不同的養狗方式，不同的養狗方式會有不同的溜狗人。每天出門上班之前，馬路上看到的都是溜狗的人，這些人大部份是70多歲的老人，而且以男性居多，大概是退休的老先生，起個大早就出來晃晃。一隻手抓著報紙，另一隻手則牽著小狗，不管是車水馬龍的長安大街，還是窄窄的胡同，他們可是怡然自得一邊溜狗一邊讀報紙；有的時候還會提著一個鳥籠，溜狗兼溜鳥。這種應該是最標準的溜狗了，因為不只人可以走的高興，狗也是全程在地上跟著，運動強「狗」身。

傍晚下班的時候，走在公寓旁邊的胡同裡，你會看到人們帶著他們的狗「兒」在路上散步。胡同裡帶著狗的人，大部份是40多歲的中年婦女，平常可能沒時間帶狗出來散步，6點多就吃過了晚飯，趁著天色還沒暗趕快出來走走。穿著鬆鬆垮垮的棉褲，還有一副大的像放大鏡一樣的眼鏡，一手拎著小布袋，一手抱著一隻長毛北京狗，在那胡同裡鑽來鑽去。狗呢，抱在身上的時候大概比四隻腳碰觸地面的時間還要多，這種狗大概是真正的「寵物」，天氣熱的時候在家可以吹吹空調，天氣冷的時候有衣服可以穿，地上髒了還會有人幫他們擦擦腳。

不管是早上的老先生，還是傍晚的大媽，這兩種養狗的人還算是真正把狗當成人來看。不過北京的經濟開始發展之後，寵物的文化也開始發展，人住在北京要報戶口這不稀奇，北京的狗也要報戶口才妙哩！家裡要是養了一隻狗，要先去區政府報個戶口，登記完畢之後，你就會領到一張狗牌。過了不久，你家中小區的公佈欄上，就會把你的狗種、毛色、歲數，還有住址用壓克力牌子貼出來，告訴大家這是一隻合法有戶口的狗。除了要幫狗報戶口之外，北京的狗還要繳稅，每年要相當於台幣一萬塊的狗稅，這可不是所有的北京人都繳得起的。所以如果你假日去北京郊區的觀光景點，除了一般的遊客之外，你還會看到一個個的中年男人，梳一個油亮亮的西裝頭，臉上大部份戴著一副金邊墨鏡、腋下夾著個皮包、一臉就是「大爺我錢賺得可多著！」的表情，手上就會抱著一隻狗。這些狗在北京應該算是最悲慘的，因為他們根本不被人當成狗看，只能算是這些暴發中年男人的財產，抱著四處走，告訴別人「我可是有錢繳狗稅的人」。

這可以算是北京的新寵物文化，有錢人才繳得起昂貴的狗稅，既然能繳得起狗稅，當然就要讓別人看看。除此之外，街上的寵物醫院也像青春期的青春

痘一樣不停冒出來，這些寵物醫院不但看病，也兼作美容，幫你的寵物洗一次澡就要100元人民幣，看一次病最少也要200元人民幣，比北京人去醫院還要貴。也難怪這些繳得起狗稅的人要到處抱著狗出來晃，花了這麼多的錢，不出來現一下怎麼對得起自己呢？

## ★吃狗肉與美容澡

走在地安門大街旁，路邊隔個十幾公尺就是一家寵物店，或者是寵物醫院。在往前走個幾百公尺，寵物店變的愈來愈少，反而是一家家的餐廳，招牌上寫著斗大的「韓國延邊狗肉」。同一條大街上，你可以看到把狗當成金主的寵物美容院，也可以看到把狗視之為盤中物的狗肉店。一邊是開著黑頭轎車的暴發戶，正準備幫狗洗個一次100元人民幣的美容澡；另一邊則是剛發薪水的民工，準備去餐館吃頓只消30元人民幣的狗肉大餐。同一個城市，有人把狗當成經濟地位的象徵，也有人見到狗就食指大動，這就是北京，對比之外，還是對比。北京的狗可以是食物，也可以是寵物。至於北京狗為什麼是這種兩眼開開，鼻子倒凹的長毛小狗，我還在問我自己。●

第3章

# 廁所風情大不同

舊胡同中的公共廁所，可以看到北京市民的真正生活百態。這些公共廁所之所以會存在於胡同中，不是為了方便觀光客或路人，它們會存在的原因就只有一個——因為胡同中的平房住家都沒有自用廁所，居民們全部都得乖乖走到外頭上大號。

## ★高級乾淨反而冷清兮兮

前幾天在網路上看到一則消息，說北京現在的觀光廁所，其中不但有自動清洗的馬桶，還加裝了VCD螢幕，讓諸位解手騰地的老北京可以一面解放，一面欣賞電影。

公共廁所的文化，大概在中國大陸被發展得最為徹底。走遍大街小巷，公共廁所的密度大概比台灣的便利商店來得高。觀光客最多的王府井，有上一次1元的華麗樣板廁所，長安大街上有掛著金字招牌的「文明廁所」，長城上的烽火台有男女價格不一樣的古蹟廁所，老胡同裡有躲在大門院旁的小廁所……。只要隨便轉過一個街角，就可以看到有那間小小的公共廁所在迎接著你。這種高密度，不知道是不是因為中國人愛喝茶所以多尿的習慣，但絕對是全世界其它城市無可比擬的。

觀光地區與長安大街的公共廁所多半都有點冷清，一般的北京人不願意花

錢去享受那個高級環境。從經濟學的觀點來看，一瓶礦泉水最多不過2元，還要另外加上50%的價錢，實在是不划算，還不如自己找棵樹解決一下；不但可以省下半瓶礦泉水的錢，還可以灌溉一下北京的「綠化」運動，讓小樹苗生長的更茁壯健康，一舉兩得。外國觀光客呢，則是對這些廁所的衛生抱持著半信半疑的心態，不到膀胱快爆炸，或直腸內的壓力累積到括約肌抽筋的臨界點，絕對不會輕易掏出鈔票，走進那扇小門中寬衣解帶。

因為事關國家的「面子」問題設計起來格外高級，再加上人又去的少，這些廁所以中國大陸普遍的標準來說算是非常乾淨的，入口處還會有一位身穿白袍的阿姨在那兒站著，一方面收錢，一方面隨時要打掃注意衛生，所以這廁所還能替失業人口找到出路，增加北京市的稅收，真是一舉三得啊！

## ★百見不如一「聞」

至於舊胡同中的公共廁所，那就可以看到北京市民的真正生活百態了。這些公共廁所之所以會存在於胡同中，不是為了要方便那些坐三輪車遊胡同的老外，也不是為了要提供給路人解放，順便加速當地啤酒與飲料市場的發展。它們會存在的原因就只有一個——因為胡同中的平房住家都沒有自用廁所，全部都得乖乖走到外頭上大號。

住在胡同中的人民視廁所為生活必需品，但是對於許多經過的行人來說，使用這些廁所就真的是一大挑戰了！推開一扇嘰嘎作響的破木門，四面牆壁有著三道完全不設防的小隔間，牆壁的另一邊是一條小便溝。天花板上垂下的電線尾端懸著一顆小小黃燈泡，沒有洗手台、馬桶，當然也無所謂沖不沖水了。因為打掃的次數完全不頻繁，加上廁所設備（有設備可言嗎？）簡單到不行，往往就是一條深溝加上兩塊水泥板，中間再用木板隔成幾間無門的隔間。所以，每個人的排泄物都毫無遮攔地露在外面，往往你還沒有走到那裡，鼻子就會先「看」到廁所的位置。到了傍晚時分，家家戶戶開始煮飯燒菜，飯菜香與糞便味同時出現，這種「五香口味」可真的是「聞」所未聞啊！

## ★公廁就是北京市民的好朋友

由於是與生活息息相關的公共廁所，每天無論多早或多晚，附近的居民通通都要來這裡報到。尤其是夏天的晚上，廁所附近的胡同就像是夜市一樣，不耐天氣炎熱喝了一堆冰涼啤酒的人，全部都會在各個時間蜂湧而出。至於早上，你就會看到有些人還穿著睡衣拖鞋，一臉「雞屎面」的表情，手上還握疊衛生紙，一隻手拖著褲檔來到這裡，想要快走又怕會弄髒褲子。瘦一點的走起來像在比賽田徑競走，稍微有點肚子的就像是在跳廟會的八家將，一跳一拐地奔向目的地。

除了早上與晚上，雖然公共廁所多如地上的垃圾，但是北京市的市民們有些卻如同視而不見，完全看不到這些公共廁所的存在。好幾次，一走出家門的胡同口，就看到一個年輕的女人站在樹旁，樹根處則是一個小孩子蹲在地上享受解放的樂趣。即使旁邊就是一個公共廁所也一樣，不知道是昨天晚上香辣蟹吃太多或者是小孩的褲子穿太緊，他們就是等不及那兩步路，選擇了最直接的方法，直接在眾人前面上演真槍實彈的排泄好戲哩！

**北京或是上海這樣的大城市，外來人真的太多了，特別是從鄉下來的打工仔，每個人都想來北京發個小財。所以北京對這些外來人口的管制特別嚴格，什麼事情都要看你的戶口，沒有戶口你什麼事情都做不了。**



# 倒楣的外地人

## ★北京人最誠實可靠了！

星期一的報紙上出現了「北京人賣灌水瓦斯桶！」這樣的一則標題，好奇地仔細看了一下裡面的報導，大意是說一個自稱是北京人的路人，在路上提著一桶20公斤裝的液化瓦斯桶，用低於市價一半的價錢賣給一個外地來的打工仔。這個自稱是北京人的人還特別強調：「我是老北京人，老北京是不會矇人的！」結果打工仔回家裝上瓦斯桶一用，才發現原來其中灌的都不是瓦斯，而是自來水。

騙人的事情不新鮮，北京每天都發生不知道有多少見這種以假亂真的事情，追根究底也不過就是為了那幾十塊人民幣。555包裝的香煙，裡面卻是道地的中國自治菸草。去超市買到的牙膏，擠出來卻是像水一般。或者是當你興沖沖的買到一隻據說是「只用過幾天的便宜二手手機」，回家卻發現盒子中裝的只是一塊磚塊，手機早被店家在趁你不注意的時候掉了包。更不要提那滿天飛的假鈔了，晚上燈光不好坐計程車找錢時，三不五時就會出現幾張比玩具鈔票還要粗糙的假鈔。

不過這篇報導最有意思的，就是點出了騙子用「我是北京人」的這個幌

子，好取得外地人的信任。這是很耐人玩味的一點，因為北京人——尤其是世世代代住在北京，戶口已在北京生根了一百年的所謂「老戶」——最以自己的北京人身份自豪。動不動就會把自己北京人的身分搬上檯面來，一副因為是北京人，所以天大的事情也瞞不了他們的樣子。

## ★北京人一定說到做到？

我的房東就是一個道地的北京人，年紀大約五十多歲。頭髮剃的圓圓短短的，手裡總是拎著一個塑膠的透明茶罐，另外一隻手上就會拎著塑膠的小包包。身上穿的一定是一套黑色的棉布恤杉，加上一條烏漆嘛黑的長褲，外面再罩上一件秀水街買來的仿BOSS夾克。同樣也是黑色的夾克背後，英文字BOSS比我的頭還要大。

每次房東要來跟我們收房租，就不會忘記告訴我們北京人怎樣、北京人怎樣。例如北京人作事永遠是紮紮實實的，絕對不會偷工減料，也不會光說不練。要是說到北京人的氣魄，那就更不得了，房東大人會開始從北京建城時的歷史說起，一直說到新中國，然後是文化大革命，再到最近的改革開放，他可以說上一整個星期，然後再跟你說「我跟你說啊，還有……。」接著又說了一整個星期。

有一次房間的暖氣壞了，我打電話給房東請他找人來修理。

「好啊，我一定找人來修，就這幾天。」房東大人很有自信的說著

「真的嗎？拜託快一點，我們快要冷死了。」
「你放心，我們北京人一定說到做到。」
「那就拜託快一點吧，真的很……冷。」窗外正在下大雪，我的聲音都凍到發抖僵硬了。
「沒問題，沒事沒事，就這樣哩！」電話隨聲掛掉。

## ★差點死在北京人手上

等了兩天，遲遲不見房東的蹤影，他不來我們沒有什麼意見，不過至少要找人來修，只要房間有暖氣就行了。又再過了一天，早上我沒喝完的咖啡，到了下午都已經結成冰了，於是我又打電話給可敬的房東大人。
「沒問題，我跟你說啊，我說到一定做到，修暖氣的馬上就來了。」房東對著電話大聲說著，我好像還可以聽到他拍自己胸脯的啪啪悶響。
「那你跟我講個確定的時間吧，我總不能這樣一直凍下去啊！」其實要是冬天沒有暖氣還能這樣在北京過活，我大概可以上「誰來挑戰」這個節目了，搞不好還贏個大獎。
「我跟你說啊，我們北京人說一句是一句，吐個唾沫都可以當釘子用，你就知道我們講話多有信用的！我跟你說啊，明天一定到，一定到！」
明天就在手錶時針的拖拖拉拉之下，變成了今天。時間慢慢地過去，室內的氣溫由白天的「很冷」，變成晚上的「非常冷」，不過還是看不到修理工人的蹤影，房東連電話也沒有一個。室友Malte又催我打電話給房東，誰叫我中文說的比他好，所以這種差事每次都落在我身上。

「我跟你說啊，我們北京人……。」

「你到底什麼時候可以找人來修？」

「我跟你說啊，我們北京人……。」

後來為了保住自己的小命，終於跑去百貨公司買了兩台電暖氣。一路上我們一面不斷幹譙一面想著「是啊，他們北京人……。」

## ★外地人等於非法勞工

一位在北京開公司的朋友有一天氣沖沖地打電話來，問我有沒有認識任何跟公安局有關係的朋友，可以幫他的一位秘書辦戶口。因為他最近要幫他的公司報稅，一問之下才發現他的秘書沒有北京的戶口，既不能報稅也不能辦工作登記，而沒有工作登記就只能以黑戶的非法勞工在他公司打工，如果他被抓到就關門大吉了。偏偏他的秘書平常都在幫他處裡公司大大小小的事情，若是少了這位秘書，北京的辦公室一樣也要門鎖一鎖鑰匙扔掉，做不下去啦！

一聽到「戶口」這兩個字，就好像小時候聽到「蔣總統」和「國父」一樣，全身馬上有一種肅穆的直覺反應；或者是唸小學時候每天早上都要開朝會，大家站在司令台下看著訓導主任的撲克臉，什麼事情都要看那張撲克臉的臉色。北京的戶口也是這樣，無論做什麼事情都要看你的戶口。

沒有錯，戶口就是我們戶口名簿的戶口。台灣的戶口不過是平常登記用用，多數人在辦健保、選舉、或者是男孩子要當兵時才會想到，我連我家的戶口名簿放在哪都不太清楚。不過在北京，對於拿大陸身分證戶口這個東西可是攸關你的生死。舉凡工作、吃飯、到你睡覺，全部都跟你的戶口有關係。

## ★ 你的戶口在哪裡？

中國大陸的面積比整個歐洲還要大，人種與方言口音的種類更是多到讓你眼花撩亂。在一些小城鎮地方還好，百分之90的人口都是當地人，但到了如北京或是上海這樣的大城市，外來人就多的太多了，特別是從鄉下來的打工仔，每個人都想到北京發個小財。所以北京對這些外來人口的管制特別嚴格，什麼事情都要看你的戶口，沒有戶口你什麼事情都做不了。

如果你是一個外地人，要來北京打工，第一就是要先租房子住。要找到一間出租的房子很簡單，地點合適、價錢也OK的話，付了房租就可以住下來。不過，當你正準備要把在老家辛辛苦苦存的錢掏出來那一刻，房東就一定會補問一句「你的戶口在哪裡啊？」標準答案只有一個，那就是「戶口在北京」。如果你答的是其它的地方，就算戶口是在距北京一個半小時的天津也是一樣，連這間房子的大門都不要想踩進去。因為房東有房子出租就要交稅，要交稅就得看房客的身分。剛剛好北京市就有這樣一條規矩，出租房的房客必須要戶口在北京。如果被公安查到房客的戶口不是在北京，不但房東要罰錢，連房子都歹要被查封不得使用。

不過，規定是規定，有些房東還是願意把房子租給沒有戶口的外地人，只因為不用交稅，錢可以收的更多一點。不過這種地方多半是陰暗潮濕的地下

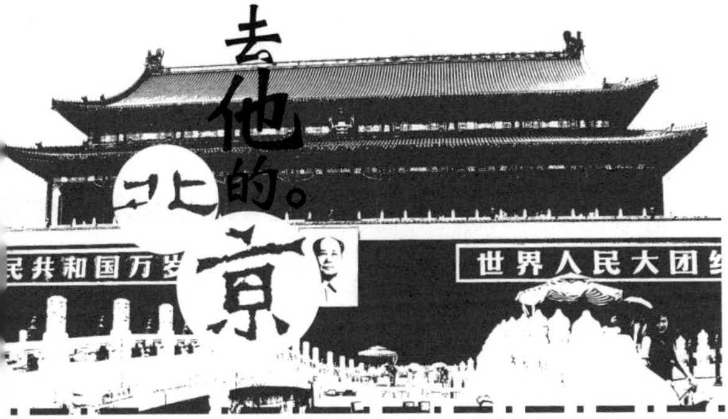


室，用木板格個幾間就成了，更別提什麼浴室廁所或是廚房了。居住環境差了許多，但是價錢一樣是比照一般的收費標準，有人肯收留你這些外地人就不錯了，至於環境適不適合人類居住，就根本不是你應該問的問題了。

## ★沒戶口？工作和結婚想都別想

找到了地方安頓下來之後，接下來就是要找工作了。有認識的關係，就可以幫你搞到一份差事過日子。沒有關係的人，也可以看看報紙上的徵人廣告，或是路邊電線桿上那些要找人的小貼紙。再找不到的，到各個建築工地去走走，一定有人要找打臨時工，或是做一些苦力與粗重工作的。整到自己覺得合適可以勝任的工作，走進去面試，老闆第一個問題一定又是「你的戶口在哪裡？」。沒有戶口，就不可以報稅。不能報稅，就不可以跟公司請款，沒有薪水發給你，所以你當然也沒有工作可以做。就算你是北大的高材生，沒有戶口一樣找不到工作。

如果你運氣好，加上你自願降低一些你的薪水，勉強找到一個公司願意冒險用你。開始工作了，又運氣好一點，遇到一個心頭意合的心上人，談了一場戀愛。過了幾年，感情發展的差不多了，大家論及婚嫁準備結婚了。對不起，在中國大陸，結婚除了男女雙方父母都同意之外，另外還要男女雙方的工作「單位」同意才可以。而你要是沒有戶口的「黑工」，在檯面上你是根本不屬於你的工作單位。沒有工作單位，就沒有人批准你的結婚申請。沒有人批准，就算雙方家長點500個頭同意，你還是結不了婚。●

# 第3章 這是老大還是老二啊？

一旦走進北京市郊的農村，牆壁上用粉筆寫的、油漆塗的，甚至是海報貼的都是一胎化宣傳標語，最常見的就是「生男生女不重要，只要一個最重要」，或者是「江主席說的好，我家只要一個寶。」

## ★敏感的一胎化政策

辦公室打掃清潔的小張新生了一對雙胞胎，這在中國大陸可是不得了的大事。平常在台灣的時候，比較不陌生的朋友你可以問：「你結婚了沒？」，如果對方的回答是「結了。」那你或許會再問：「有沒有小孩？幾個了啊？」或是對方已經有小孩，那你在台灣「兩個恰恰好」的觀念影響下，可能會繼續問：「這是老大而是老二啊？」但……，這裡可是北京啊，這樣聊天是完全行不通的！

剛到北京那一陣子，有一回我問起一個中國大陸朋友：

「你有小孩了嗎？」

「有啦，去年才生一個。」朋友點起一根菸。

「那你現在已經有幾個小孩了？」我很自然地好奇問著。

「……。」對方一陣沉默。

旁邊一個在北京住過比較長一段時間的台灣朋友，馬上悄悄地附在我的耳

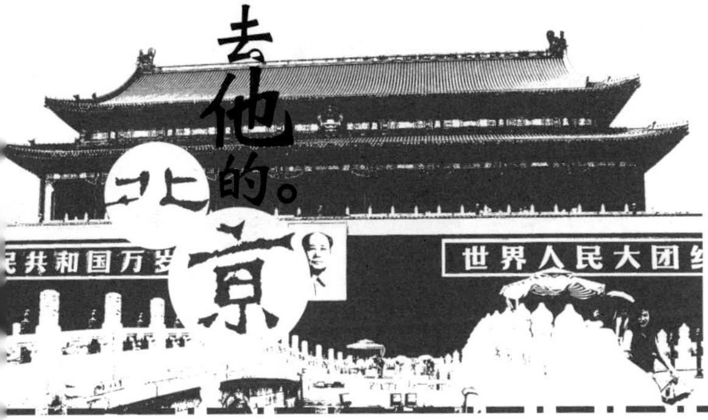


邊說：

「你怎麼這樣問人家！這裡實行一胎化政策，你不知道嗎？」

我立刻恍然大悟，當場趕快轉了一個話題，雖然有點生硬，不過還是先避開這個一胎化問題吧，免得到時候我被當成來這裡搞破壞的台灣間諜啊。

中國大陸的一胎化政策雖然行之多年，不過一走進北京的大街小巷，滿坑滿谷的人還是會讓你嚇一跳。照理論上來說，在一胎化政策下，20年之後人口就應該會呈現負成長現象，但不知道是大陸人口本來就夠多，還是一胎化政策其實執行的不夠徹底，這裡的人口絲毫沒有減少的感覺！以北京市來說，面積一萬六千多平方公里，大約為台灣的一半，不過人口卻多達一千三百多萬，遠遠超過台灣人口數的一半以上。

## ★你規定你的，我生我的！

雖然「控制人口」在中國大陸已經是喊了幾百年的口號，但在北京市你完全感覺不到一胎化政策就在你身邊執行。路邊只見與「三個代表」，或是

「WTO」等相關的標語廣告牌，報紙上也鮮少出現一胎化的各種數據；不過一旦走進北京市郊的農村，牆壁上用粉筆寫的、油漆塗的，甚至是海報貼的都是一胎化宣傳標語，最常見的就是「生男生女不重要，只要一個最重要」，或者是「江主席說的好，我家只要一個寶」。反正愈簡單愈容易上口的就愈常見，這種

標語到處都是；不過，隨便走走看看，這些農村中的小孩們還是滿街跑，老人與年輕人倒是不常見。

我曾經問過一個北京朋友：

「一胎化政策實施這麼久了，怎麼人口還是一直增加？」

「城裡頭是一胎化啊，農村哪裡管你啊！」朋友有點無聊的回答著。

「那都沒有人管嗎？」我很好奇，中國大陸政府辦事的「效率」這麼高，怎麼農村反而管不到，而且這還是幾代領導人下來都執行不變的一胎化政策。

「哼！那些農民哪管啊，愛生就生！」

「政府不處罰嗎？」

「處罰？你罰錢，他們本來就沒有；你要命，也不能把整個村子都殺光！」

「那宣傳也沒有用嗎？為什麼還是一直生孩子？」我有點不識大體地繼續問著。

「為什麼？晚上沒事幹啊，只好一直做囉！」

那天精子先生跟卵子小姐
在北京農郊邂逅
於是可能十個月後......

第3章

# 新的好唷，新的好唷

遠處傳來了遊客們的一陣陣快門聲及笑談聲，在我們看來已經熟悉到不行的舊街景與小巷，這些舊時胡同的古老味道，透過觀光客相機的鏡頭中，大概又會呈現另外一番不同風貌吧！

## ★什剎海旁的老胡同

雖然才十月，北京的天氣已經冷颼颼了。星期天早上，十一點就被手機傳來的sms短訊聲吵醒，鄰居Frank問我要不要一起去吃個早午餐？本來不覺得很餓，不過「brunch」這個字倒是讓我立刻就飢腸轆轆起來。

在樓下的中庭跟Frank見了面，一起慢慢散步走出我們居住的小區。還沒到大門口，就看到幾個老外在胡同中忙著到處按快門，由於我住的地方就位於什剎海邊的胡同中，這裡最有名的觀光活動就是「坐三輪車逛胡同」。以紫禁城為中心，什剎海是位於北京市西北邊的一個大型人工湖，又可以分為前海以及後海二個部份，與出名的北海公園以及中南海之間有水道相連，原本船隻可以由什剎海一直行駛到中南海一帶，是以前紫禁城水利工程與護城河的一部份。不過現在這些「海」之間的水道都加上了蓋子，變成了一條條大小不一的馬路，當然要行船也不可能了，不過潛水艇倒是可以試試，呵呵。

什剎海周圍沒有什麼出名的建築，比較有特色的就是周圍那些老舊的胡

同。一條條的胡同，大概都只有三公尺寬左右，兩邊都是一家挨著一家的四合院，這些院子過去都是大戶人家的豪宅，不過現在早就成了一房間住一家人的大雜院了。這種樣子的胡同街區以前整個北京都是，不過在所謂的「危樓改建」政策之下，現在僅存的已經寥寥可數了。

## ★三輪車上的觀光客

僅存的幾個老舊胡同，再加上什剎海的湖水，讓這兒成為有名觀光點，也不時充斥載著好奇觀光客的三輪車。如果是夏天，你會看到車伕穿著一件背後寫著「老北京胡同遊」幾個宣傳大字的黃色背心，戴著斗笠揮汗如雨地踩踏著輪子；後方的座位上則是坐著兩位外國老夫妻，手上拿著剛買的摺扇搖阿搖的。天冷的時候，車伕依然在前面帶著斗笠賣力踩踏，後面的座位則用兩塊大塑膠布圍起來，稍微遮擋一下刺人的冷風。

最有意思的現象是，每年到什剎海的觀光客不知道有多少，不過年輕一點的西方觀光客，大概會自己租一台單車邊踩邊逛胡同；年輕一點的中國觀光客呢，可能會比較喜歡把時間花在王府井大街的百貨公司中。因此，會喜歡坐三輪車遊胡同的只有兩種人，最常看見的就是頭髮花白的西方遊客，通常都是一對老夫妻，三三兩兩地坐著車子在胡同中「出沒」；老先生會拿著SONY或

CANON的DV一路拍著，老太太不是拿著扇子，就是撥弄著剛剛買來的紀念品，安靜地坐在旁邊欣賞沿路風光。

另外一種，就是上海或是香港來的遊客，這些人多半年紀比較輕，大約在30到40歲左右，通常是一整團的旅行團帶來，最前面的第一台三輪車上會坐一位導遊，把一面小黃旗插在車上，後面就跟著十多輛三輪車，浩浩蕩蕩像一條長蛇在胡同中鑽來鑽去。綠色的塑膠座位上男男女女混雜坐著，這麼多人只有一個共同的地方，就是男的一定會夾一根香菸在手上，女的則是胸口掛著一個大哥大以及照相機，不時拿起相機拍一下，或者是對著電話說「對啊，我現在正在逛胡同啦……。」

## ★快門聲中傳來的「新的好唷……。」

走出了小區的大門，背後響起急促的鈴鐺聲，一長串的三輪車從身後慢慢竄了出來，經過的時候又是一堆快門聲響不停。我們一路往著胡同的深處走去，Frank要到旁邊的雜貨店買他最喜歡的「如夢」牌果汁，從加拿大來的Frank去年才在台灣待了一年，就愛上了7-11裡面所有飲料，從養樂多到紅酒一樣都不放過；不過到了北京，「如夢」牌果汁倒是他的舌頭身經百戰後的唯一最愛。雜貨店旁的四合院門口坐著兩位正在曬太陽聊天的老太太，看到我們時好奇地瞪了幾眼，然後繼續扯開嗓門砍大山。我在等Frank買東西的時候，順便偷聽了一下她們的對話：

「那西邊的胡同聽說年底也要拆了！」包個頭巾的大媽說著。

「咱這兒不知道何時才要拆遷？」

「拆了好！這胡同的平房，住起來又潮又擠，沒幾天還會來次停水，喲，可特兒不方便的！」

「可不是嗎，人家那新蓋的大樓多好，什麼都是新的，住起來啵兒舒服的！」

「新的好唷……。」

兩位大媽說到這裡不發一語安靜了下來，繼續凝視著對面的牆壁。Frank剛好買完飲料出來，一個不注意，旁邊的巷口又騎出來一輛輛三輪車，車上幾個帶著中國小帽的法國太太們，一面四處望著一面說著「Ces't tres beau!」（法文，就是很漂亮的意思），包著頭巾的大媽望了望這些三輪車，嘴裡又喃喃唸著「新的好唷……。」

遠處傳來了遊客們的一陣陣快門聲及笑談聲，在我們看來已經熟悉到不行的舊街景與小巷，這些舊時胡同的古老味道，透過觀光客相機的鏡頭中，大概又會呈現另外一番不同風貌吧！

第3章

# 胡同裡的那一盞燈

**或許是中國大陸的空間真的太大了，「落後」這兩個字有時可以解釋為「時間的腳步都放慢」。在台灣已經是屬於上一代的某些生活方式，現在就活生生出現在北京這個首都城市中。每天新的東西愈來愈多，但是舊時間的收藏卻愈來愈少。**

## ★ 名牌最重要，款式誰在乎

晚上朋友來家裡吃飯，酒足飯飽之後已經快到12點，便走路送朋友回胡同中的家。一面走一面聊天，冬天的胡同中刮起一陣陣的冷風，再加上沒有路燈，小巷中顯得特別冷清。走著走著，朋友突然指著前面的一個黃燈泡球說：「你看，那盞燈是夜晚胡同中最明亮的一盞。」他突然冒出這樣一句文謅謅的話，讓我聽了一時之間有點不知所措，整個對話立刻就停滯下來。「你看，胡同晚上有公共廁所還是不錯的，至少有個燈照亮你的路。」朋友接著解釋說。

「公共廁所」這四個字一出，前一句話所帶出的寧靜氣氛完全不見。講到這個，我對北京胡同公廁的印象只有三個：「髒臭」、「髒臭」、以及「髒臭」；這些散佈在巷弄中的灰磚小屋，每當你經過的時候只會讓你手掩口鼻加速通過。說是廁所，但實際上就是一條深溝架上兩塊水泥板，中間用幾塊石膏板隔起來，底下直接通往糞池，沒有門，沒有馬桶，也沒有洗手台，簡單的可以。被使用的次數與清掃的次數就像是國家預算比我的銀行存款。散發出來的味道現在都可以出現在我的電腦檔案中，「茅坑」、「屎坑」的別名是取的再恰當不過。對於我來說這根本是髒與臭的代名詞，能不提就盡量不提，能不走近就走

的越遠越好。不過對於胡同中的老北京來說，這就是生活的必需品，吃喝拉撒睡有五分之二在這裡發生。回頭仔細想想，上一次在台灣見到類似的公共廁所時，已經是小時候在外婆住的眷村中，而且那還是早已廢棄不用的那種。不要說去用過了，就是聞個「使用中」的味道都沒有機會。至於要記得誰用過這些公共廁所，那大概早已經是我出生前的事情了，即使是20年前的眷村中，大家都有自己的廁所，這些公廁早就成了眷村中最不起眼的古蹟。

## ★你家裡沒廁所？

到北京的第一個月，去一位北京朋友位在胡同中的小平房。小小的房間裡面只有一張床與幾件70年代的木頭櫃子，四處分佈但是排列整齊的雜物，有著中國人那種「獨善其身」的整齊乾淨風格。想一想，其實有這樣一間小屋住也不錯，不但房租便宜，還可以幻想自己住在法國鄉間的石頭小屋中，我對北京的好感很危險地馬上出現了。和朋友聊著聊著，從喉嚨滑下的啤酒開始快速地在膀胱中總動員，自然地問了一句：

「你家廁所在哪裡？」

「我帶你去。」朋友臉上帶著一點奇怪又不好意思的笑容。穿過重重的平房，左彎右拐走出迷宮式的院落，朋友指著角落的公共廁所。剛好一陣風吹來，刮起了地上的衛生紙，也刮出濃濃的廁所氣味。

## ★好一個秘密社交基地

從那一刻起，我對胡同的印象大變身，以前在各種媒體上接觸過的老北京

「浪漫胡同」完全破滅、消失、全部粉碎、湮滅，像抽完的香菸般想找個地方丟掉。胡同中的小屋是可以很浪漫，但一想到那種萬般臭味的公廁，就像沒有輪子的單車，再怎麼美麗也上不了路。這些公廁對習慣了早上在家坐馬桶看報紙的台灣人來說，就像是突然要你在大街上脫下褲子一樣，絕對不是「不能接受」這四個字就可以形容的。不過對於北京人來說，公廁不但是生活中的一部份，並且還是非常重要的一部份。

每天早上起來，不管你再怎麼急，臉上的表情再「ㄍㄧㄣ」，在公廁前遇到鄰居總要打聲招呼，互相問個好，北京人的社交生活大概就是由這一刻開始。進了廁所，完全沒有遮掩的隔間，大家不管年紀一律袒裎相見，而且蹲著蹲著還可以跟隔壁的同志聊天打屁，沒事搞不好還可以借個衛生紙，或者把旁邊看完的報紙拿來權充一下，互相幫助。萬一你晚上拉肚子，遇到跟你同病相憐的同路，也許還可以互相交換一下病況。出了廁所，遇到熟人，還可以稍微駐足一下，話個家常也順便八卦個幾句。

夏天的時候，公廁外面的空地會坐上好幾位老太太，大聲說話或者只是打打麻將。為什麼在公廁旁邊呢？因為這是大家的必到之地，不但解決你的方便問題，還是社區中的「集會廣場」。聞起來臭氣四溢的地方，反倒是有些人習以為常的秘密基地。

## ★新與舊的思考

我的祖父與外公們，他們在幾十年前的生活，也許就是我每天經過而且不

屑一顧的景象。這些在公廁前站著曬太陽的老人，可能就是他們當時身影的模糊版。雖然髒臭不堪，但卻是個最有效率的時光機器，每天在你的眼前上演一場真人版的懷舊舞台劇。

我記得有一種物理理論是，「只要速度夠快，時間就會被扭曲，甚至可以回到過去。」這應該就是空間可以換取時間的意思。或許是中國大陸的空間真的太大了，「落後」這兩個字有時可以解釋為「時間的腳步都放慢」。在台灣已經是屬於上一代的某些生活方式，現在就活生生的出現在北京這個首都城市中。這個地方每天都有新的取代舊的，新的東西愈來愈多，但是舊時間的收藏卻愈來愈少。

廁所的髒亂是難以忍受，但是背後所累積的時間與生活方式，卻是最真實與傳統不過。這些不起眼的地方，雖然少了包裝卻更真實，是大生活的縮影。只是一層膚淺的屎尿味，卻遮蓋了背後多少的時間堆砌。又有多少人可以不管鼻口的刺激，用你的心去看看它們呢？對於我來說，這個原本避之唯恐不急的地方，突然一剎那間開了一扇時間的窗口，讓我跟幾十年前的生活有一種模糊的撞擊感。想起小時候的時光，想像起祖父輩的生活，想起……。

藉著廁所飄出的餘光，我不小心瞄到地上一攤垃圾，直覺的告訴朋友：

「小心，不要踩到了。」

「是吧，你看多虧公廁中的燈，胡同的路才能看的比較清楚。」朋友有點自豪地說著。

「是啊，不過看到的不只是胡同的路啊……。」我看著那盞燈若有所思地說。

# 光怪陸離的情慾北京

舞動的人群中，各種挑逗的眼神也在四處掃射，大家既是獵人也是獵物，目的只有一個，就是找尋今晚的另一半。眼神的接觸是第一步，身體隨著音樂跳著求偶舞，酒精則是最後的催化劑。兩人之間的對話就像保險套包裝，一旦打開就再也不重要了，真正的重點是：去你家還是我家？

# 4

# 「泡吧」還是「砲」吧？

第4章

她從哪國來、叫什麼名字，既不重要我也不在乎，因為這些只是交媾前的禮貌性對答。酒精化解了基本的尷尬與偽裝，摟在腰際的手指撩起了更原始的需求。女孩用有點口音的英文說「Wanna leave？」我的手開始摸著皮夾中的保險套。

## ★狩獵活動正式開始

雖然還是高舉共產主義大旗的國家，北京人的夜生活還是要用「超級大膽」來形容。你在台灣與其他國家想像得到的、看的到的，甚至經驗到的，這裡不僅通通都有而且有過之無不及。不過，可別以為到了天堂，北京的夜生活就像是在叢林裡打獵，你是獵人還是獵物，可要等到天亮了才見分曉。

CLUBBING就是所謂的「泡吧」，到Pub裡喝點小酒聽點音樂，搖動身軀解放壓力，最後遇到一個女生，經過一番調情與酒精的強力催眠之下，很快就把女孩子帶回家。男生把女生帶回家，當然不可能是要「蓋棉被純聊天」一個晚上，或者是枯坐看一整晚的電視；醉翁之意不在酒，這是大家都心知肚明的，不過至少也要先假裝一下嘛。

週五的午夜，北京街頭才剛剛睡醒。位於三里屯小巷中的這家Poacher's酒吧，重節奏的電子樂不斷隨著大門開開關關往外流洩；門外雖然是低於冰點的溫度，門內卻像熱帶島嶼般溫暖，甚至散發一股股熱力。酒保的手半秒鐘都沒有停過，男男女女的身體與眼神隨著音樂節奏四處浮動，為期兩天的狩獵季節又開始了。

舞動的人群中，各種眼神也在四處掃射，大家既是獵人也是獵物，戴上不同的面具，每個人都竭盡所能偽裝與挑逗；唯一不變的是，這裡每個人都是單身。目的只有一個，就是找尋今晚的另一半，眼神的接觸是第一步，身體隨著音樂跳著求偶舞，酒精則是最後的催化劑。兩人之間的對話就像保險套包裝，一旦打開就再也不重要了，也沒有人會在乎，重點是去你家還是我家？

朋友Nick告訴我，每月至少都可以在這找到兩到三個不同對象，這裡的中國女孩容易搭訕而且十分大膽，來這裡的唯一目的就是「419」（英文發音，指For One Night）。要找人3P？這裡就像是被交通警察開罰單一樣常見；大麻、E、與LSD搖頭丸也樣樣不缺，只看每個人的接受程度。外國女孩更是直接，只要你願意試，大概一個月就可以遊走五大洲。跳個舞、喝杯酒，然後帶回家，已經成為標準的公式了。說著說著，Nick 已經跟身旁的女孩跳起舞來，馬上把我拋棄。

「走吧，時間差不多了。」微醺的Nick從位子上站起來。

「去哪？」我問。

「老地方，The Den。」

## ★ Wanna Ieave?

點了一杯rum coke，四處在舞動人群中遊走，眼神也四處掃射。一旦鎖定對象，雙方有了交集，腳步馬上就往目標移動。節奏隨著音樂慢慢同步，有點像動物交配前的求偶舞，兩個人的身體之間只剩下賀爾蒙可以流動。我們的對話被音樂蓋過，她從哪國來、叫什麼名字，既不重要我也不在乎，因為這些只是交媾前的禮貌性對答，談話也可以算是賀爾蒙的一種偽裝。酒精化解了基本

的尷尬與偽裝，摟在腰際的手指撩起了更原始的需求。女孩有點口音的英文又開始發聲，酒精的威力讓我只聽到「Wanna leave?」這句話，手開始摸著皮夾中的保險套。

上了計程車，兩人的目的地只有一個。三個小時以後，我在陌生房間中慢慢醒過來，女孩翻了一個身，酒精還在我的腦中不肯離去。看著躺在身旁的軀體，我開始穿上衣服慢慢走出門外。知道何時離開你的夥伴，就像何時帶她離開Pub一樣重要，這是常識。

「走，喝咖啡！」Nick早上打電話來。

「我要ESPRESSO，解酒。」我還帶著幾分睡意。

「去屈臣世旁邊的STARBUCKS吧，順便買保險套。」Nick說著。

## ★在學校大禮堂跳舞

北京對於許多的南方人來說，第一眼的感覺就是「大氣」。什麼都是大，有全世界最大的天安門廣場、最大的紫禁城、街到寬的巷小廣場、還有身材比南方人大的多的北京人。走進一家號稱是全北京最大的Disco，高聳的大樓中間，舞廳的大門就像一張沒有牙齒的嘴巴，張大了準備吞噬每一個客人。說是說北京最大的舞廳，但也是最標準的「中國式舞廳」：舞廳中央一定會有一個超級大的舞台，舞台前方一定會有一排排面向舞台的座位，長方形的桌子、方方正正的摺疊椅，再加上方格子的桌布，活脫脫像在學校的大禮堂開會。而在一排排桌椅的後方，就是一個小小的舞池。

「小姐，兩張票。」擠了好久才輪到我說這句話，即使比我們晚到的人都已經早早擠到我的前面

「咦？您要買票？」售票窗口後方的年輕姑娘瞪大了眼看著我，數鈔票的手也停下來。

「是啊，兩張票謝謝。」

「您是歪哥，還是那個？」姑娘自然的說著，我大概有幾百年沒有聽到歪哥這兩個字了，怎麼北京現在也流行台灣80年代的口語，而且用的更直接。

「只要兩張票就好。」我有點不知所措地說著。

「是啊兩張票，但是您要的是歪哥還是那個？」

不會吧，我站的地方的確是舞廳前的售票口啊，不是「那個那個」的地方啊？玻璃後方的姑娘眼睛瞪得更大，看我一臉困惑的樣子，轉身指了指牆壁上貼著的一張小到不能再小的牌子，上面寫著「外客票價：加收人民幣50元」。原來歪哥不是歪哥，指的是想要當歪哥的「外客」。我一直都以為中國大陸將台灣視為中國的一部份，誰知道到了要付錢的時候，我們這些台胞也成了票價高出200新台幣的外客了。顯然政府與北京生意人的認知還是有一些差距的。

雖然手指吶喊著千萬個不願意，但還是從口袋裡拖出一張100元的紙鈔來。瞪大眼姑娘反射動作似地收下鈔票，另一隻手同時遞出了兩張門票，玻璃窗後則傳出了我那張鈔票依依不捨的再見聲。

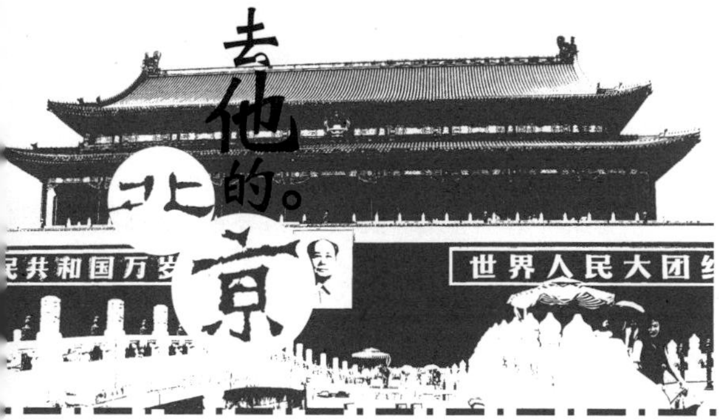


## ★超勁爆的台灣名曲出現了！

走進舞廳當中，標準的中國式舞廳佈置，眼光馬上就被正中央那顆大到不能再大的迪斯可大亮球擄走。舞台與排列整齊的桌椅，還有貼滿鏡片的牆壁，完全像是回到了80年代的餐廳秀。裡面的客人不算擠的爆滿，但也可以讓你肩膀邊走邊磨的走進去。大家跳地正起勁，突然傳來一陣很耳熟的旋律。仔細一聽，居然是台灣名曲：「榕樹下」！而且還是夾雜了一堆強勁鼓聲的電子樂版本！不要跟我說什麼晴天霹靂的感覺，這種時候根本可以用月球掉到頭上來形

容，也不要講20年前的台灣餐廳秀了，就算是現在的紅包場大概也聽不到這麼勁爆的音樂吧！

找到位置一坐下來，服務生馬上像趴趴熊般黏上來。

「我要一杯CHIVAS。」現在我真的需要酒精壓壓驚。

「什麼？你要喝點啥？」服務生看起來就像門口賣票的瞪大眼姑娘，不過眼睛好像睜地更大了一些。

「CHIVAS，就是威士忌。」總要解釋一下。

「您說什麼？」瞪大眼姑娘二代的眼睛瞪地比第一代還要大。

「CHIVAS！」

「您說什麼？」

喔對了，大陸所有的東西都翻成中文，就算是說英文原名也不通，我突然想起這件事來。

「我說我要CHIVAS！就是芝華士。」

「什麼？」

「算了，妳把酒水單給我看。」一把拿過瞪大眼手中的酒水單，乾脆指給她看。

我指著酒水單上的三個大字「芝華士」，瞪大眼湊過來看了看，點了點頭，然後對我呆呆的笑了一下。這下應該知道我的意思了吧，沒想到北京的語言溝

通障礙比我在法國時還要大。

「就是芝華士。」手在指的同時還用說的提醒一下。

「好哩！」

「我要double，就是要雙份的。」

大瞪眼姑娘著菜單走回去了，我繼續聽著榕樹下，不一會又換成了紅螞蟻的「愛情釀的酒」。這下由80年代初期換到80年代中期，音樂總算有了一些進步，不過我頭上還是有個被月球砸出的大包包。左等又等，大瞪眼終於又回來了，一手端著個盤子，上面放著兩杯500 cc的杯子。我正在想，會不會她聽錯了，我要一杯雙份的，她給我聽成一瓶雙份的，這樣今天晚上可能真的要喝不完吐著走了。

「您點的飲料來了。」大瞪眼笑了一下

我看了一下杯中的液體，紅紅稠稠的，CHIVAS什麼時候改了原料配方，變成火紅色的了，而且還勾了芡？

「小姐，我點的是芝華士吧？」心中帶著大量狐疑，我要確定一下。

「是啊，沒錯啊，這就是啦！」

「可是怎麼會是紅色的，你不要拿假的來騙我。」

「怎會！咱們這都貨真價實的，西瓜汁就是西瓜汁，絕對不摻水！」●

# 那我們什麼時候結婚？

第4章

**這種第一次見面就用性來換取愛情或者是終生承諾的價值觀，好像已經變成現在北京中西文化交流的一種模式了。至少一夜情的標準是要兩相情願就是了，一夜情可以說成為了這種扭曲社會現象的一個小小縮影吧。**

## ★連酒錢都省了

和任何一個大城市一樣，北京的夜生活到處都充滿著「賀爾蒙」的誘人氣味。週末時每一個Disco都成了名符其實的「人肉市場」，只要隨便走進一家Disco，裡面的氣氛都可以用火爆香辣來形容。無論男人還是女人、中國人還是西方人，大家都在尋找適合的一夜情甚至是數夜情的對象，追求那一種剔除承諾的肉慾關係。可別以為這裡是共產主義國家，中國的女孩子就都是保守的乖乖牌，北京女孩的大膽可是出了名的！

有個澳洲朋友Jerry曾經遇過令人難以置信的事情。某一晚和幾個朋友吃飯聚會，席間認識了一個北京女孩，因為工作的性質很接近相談甚歡，兩人之間就稍微蹦出了一點小小火花。我的澳洲佬朋友雖然不是坐懷不亂的柳下惠，不過也不是那種色急攻心的變態，心想這至少是一個好的開始。吃過晚飯之後，男生想要創造一些單獨相處的機會，製造些小小的羅曼蒂克氣氛，心想也許對兩人的火花會有些助燃效果，搞不好她就可以成為自己的女朋友；反正時間還

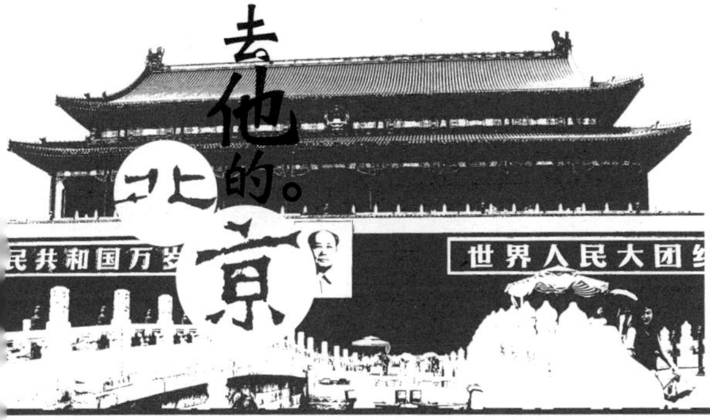


早，於是Jerry就禮貌性地邀請她喝杯咖啡，順便到家裡看個DVD，既然已經有了火花，女方聽了提議之後，也爽快的答應了。

兩人從餐廳坐上計程車，一路晃阿晃到了Jerry的公寓。Jerry禮貌性地用他不太標準的中文問女孩子：

「這就是我的公寓，有一點簡單。」

「……。」女孩子一言未發。

「你要不要喝什麼？」Jerry又問了一次，心想第一次單獨相處，要給這個女孩一點好印象。

「你有沒有準備套子啊？」女孩子突然冒出這一句來。

「什麼？」Jerry以為自己聽錯，差一點跌倒在地上，

「我說，你有沒有準備自己的套子啊？我可是沒有的！」女孩一面說一面已經開始脫掉身上的衣服了。

接下來會發生什麼事情，當然是不用多說了，不過這種直接的程度，可是從Jerry有性生活以來遇到的第一次。連

調情用的酒精以及DVD都不用了，直接切入正題，完全符合北方人豪爽的個性哩！

## ★你要不要跟我結婚？

一夜情在北京不稀奇，只要你拿著一本外國護照，又說著滿嘴北京人聽不懂的外國方言，要在Disco或Pub裡面找到一夜情的對象絕對不是難事。對男生

來說，一夜情的理由可以有很多，可能是平常生活和工作積壓了太久壓力，可能只是單純的享受一下快感，也可能只是喝醉了認錯了你的女朋友……，總之各種理由都有；不要問我為什麼知道，因為男生就是知道男生的想法，雖然有點偏見加上主觀，不過這是千真萬確的。但是對於不算少數的北京女生來說，一夜情大概只是一種「工具」，她們最後要的不外是一些承諾或者是長久的關係。有很多朋友告訴我，這些女孩子跟你回家有了一夜情，第二天早上起來，跟你說不到兩句話就會突然問你：「你愛不愛我？」

問男生愛不愛她還好，很多女孩子在第二次見面時就會問：「你要不要跟我結婚？」聽起來有一點嚇人與矛盾，不過這種第一次見面就用性來換取愛情或者是終生承諾的價值觀，好像已經變成現在北京中西文化交流的一種模式了。我不想在此探討一夜情在道德上以及社會價值觀上的位置，不過至少一夜情的標準是要兩相情願就是了。從很多例子來看，一夜情可以說成為了這種扭曲社會現象的一個小小縮影吧。

第4章

# 老外？好啊好啊

**只要是高鼻子深眼睛的老外，無論是哪一國的全部不用付門票；如果你是一臉亞洲人的長相，管你是中國、日本、或是新加坡，對不起，先看了你的護照再說，所以鼻子的高度就是你在這些保鏢眼中的身份標準。**

## ★鼻子高度決定一切

「哪裡來的啊？」舞廳門口的保鑣問我。

「台灣。」我看了保鑣一眼，有些支支吾吾地吐出這兩個字。

在其它的國家，我會很自然蹦出這兩個字，而且還會帶一點自豪的語調。不過到了中國大陸，反而很有一些顧忌，一方面來自於兩岸現況的尷尬而造成的反射動作，一方面出自於自我保護的反應。

「台灣啊，一樣是中國的，你出去外面買票。」保鑣語調拉得長長地說著，一隻手還抓住我的袖子，好像深怕我突然衝進這家舞廳。

「買票？可是我朋友剛剛進去，他就沒有買票啊？」

「那不一樣，人家是外國人，你不是，去買票！」

原來這家舞廳的「政策」是：外國人一律免費，只要你是中國人，不管是港澳台哪個地方，通通都要買門票。到Disco要掏錢付門票大家原本也心甘情願，反正是一個願打一個願挨的情況，如果你嫌門票太貴，頂多換一家就是；

## ——大鼻子免費

或者是有些人拿著VIP卡，有些人拿著紅花花的鈔票換門票，這也還有點道理。不過要以「國籍」來作為收費的標準，我以前卻是聽也沒有聽過，而且教人更百思不得其解的是，相貌是高鼻子深眼睛的老外，無論是哪一國的全部不用付門票；如果你是一臉亞洲人的長相，管你是中國、日本、或是新加坡，對不起，先看了你的護照再說，所以鼻子的高度就是你在這些保鏢眼中的身份標準。

長安大街上門禁森嚴的外交公寓，是專門給各大「駐京」外交官與記者住宿的地方。由於與大使館區只有一街之隔，加上住戶都是外交官與媒體，所以門口的保全別嚴格，不但車輛要管制，三步一崗五步一哨，而且站著的還不是普通那種「站好看」的保安，全部都是配著真槍實彈的警察。我有一位亞裔記者朋友才剛搬進外交公寓，第一天晚上出去跑個步，回家就被門口的警察攔下來，因為看他一臉疲累樣，又穿著邋邋遢遢的，就懷疑他是從外地來打工的民工，硬是要叫他拿出證件來檢查，還足足問了他十幾分鐘的問題。但，只不過是出去跑個步，哪個神經大條的人會把護照與記者證帶在身上？最後還是遇到剛剛回家的鄰居，那位警察才半信半疑地放我朋友走了。

沒錯，在這麼嚴密的保全之下，所有的管制標準只有一個，就是你的長相。你只要生得一張高鼻子大眼睛的臉，就可以暢通無阻，就算你是來外交公寓搬東西當賊，也沒有一個人會把你攔下來，甚至還會跟你點個頭笑一下。如果你一臉中國人或是亞洲人，那就請等著接受一連串的檢查證件兼身家調查，非得把你跟外交公寓的關係問個清清楚楚才行。

## ★外國客人比較高級啦！

跟幾個加拿大朋友一起到一家新開的餐廳吃飯，才剛坐下來店經理就很熱情地過來打招呼，簡單招呼一下之後，就把重點轉移到我朋友身上。用他帶著濃濃北京腔的英文大聲地聊著，而且三不時還過來問問菜餚味道好不好，最後結帳時還給了一個大折扣，VIP卡則是像名片一樣的發了不知道多少張。整桌子的人都至少每個人都給了三張以上，唯獨發到我的時候，剛剛好就只有那麼一張。走出這家餐廳之前，門口一位年輕女服務生冷不防跳出來，用她那甜甜的聲音對著我的朋友Nick說：

「以後要常常來喔！」眼睛還眨了好幾下。

「喔，是嗎？為什麼，因為妳喜歡我嗎？」Nick又拿出他的看家本領，開始釣妹妹。

「因為我們喜歡你們這種客人啊！」

「什麼樣的客人呢？長的好看一點的嗎？」我看到Nick臉上開始浮現一種自信的詭異微笑，就像我每次看到他帶女孩子回家時的笑容。

「外國的客人囉，因為我們老闆喜歡外國的客人啊，這樣才顯得出我們餐廳的高級啊！」

「再見。」Nick草草丟下這一句，這也是我們最後一次來這家餐廳。

## ★談個政治，好唄？

跳上一台計程車，跟司機師傅（北京人不叫開車的為司機，而是叫做師傅）說明了目的地之後，小小的紅色夏利開始開動。

「聽您的口音，應該像是從台灣來的吧！」師傅老大說著。

「嗯，對，我是從台灣來的。」我開始有預感他下一句會說什麼了。

「台灣來的啊，你們那裡現在獨立好像鬧得很厲害吧！」

「ㄟ……，對不起，我不太懂政治。」遇到這種話題，最好的解套法就是完全避開不談，我不懂政治，即使已經在研究所「ㄌㄨˊ」了四年的政治學。

「喔？那李登輝不是很喜歡講獨立嗎？」師傅老大似乎想繼續這個話題。

「李登輝啊，我不認識他，不太清楚ㄟ……，前面要右轉喔。」

來。

「喔，那陳水扁不是很喜歡講獨立嗎？」

「今天北京的風很大吧！」我轉得跟鑽石一樣硬。

「是風大啊，你們台灣那兒也有風嗎？」

「有的時候有颱風。」

「颱風啊，陳水扁不怕喊獨立，那他怕不怕颱風啊？」師傅老大再度轉回來。

「我不知道ㄟ……，對不起，前面要一直直走。」我回給他一個鑽石硬轉。

「直走，好哩！」

## ★請準備接受教訓吧！

台灣人在北京就是會有這種不知所措的情況，你雖然是中國大陸官方中的「同胞」，可你又不完全是同胞。坐計程車的時候，老北京司機一聽到你是從台灣來的，就會開始跟你說說什麼「台灣獨立」、「陳水扁」，或是「李登輝」這幾個字。台灣同胞對他們來說，就是最直接的政治教育對象，就算說到你的臉都已經變成綠色了，他們的嘴也是不會停下來的。

幾年前，美國誤炸南斯拉夫大使館的時候，北京的計程車司機像是吃了興奮劑一樣。只要遇到了外國人，就一定先問「你是不是美國人？」或者「你是不是英國人？」如果剛好是從這兩個國家來的，那就得準備聽上一整段的政治

教育課程，好像以前當兵時候的莒光日。而且不時還會有各種的問題冒出來考你，如果隨便一個問題答出來不是司機老大心中的標準答案，那你得再準備接受一段嚴厲的教訓，要是你的答案完全不對司機老大的胃口，甚至有可能會被趕下車哩！

## ★你到底從哪裡來的？

英國朋友John就告訴我這一段故事，就在炸了南斯拉夫中國大使館後沒幾天。他一上了計程車，司機師傅一看又是金髮高鼻的人，劈頭第一句就是：

「你是美國人吧？」

「不是。」

「那你是英國人吧？」

「不是。」John已經知道會聽上一段訓話，趕緊否認。

「那你一定是加拿大來的吧？」

「也不是。」

「那你到底是從哪裡來的呢？」司機師傅有點急了，眼睛張得大大的。

「冰島。」

緊接著是五秒鐘的沉默，但感覺起來像是武俠片中兩位大俠要決鬥前的那種肅殺氣氛。

「……您是要到哪兒去啊？」司機師傅放下了他的刀。

剎那間，所有的對話全部停止。你如果說是英國、美國、或是加拿大，司機大人一定會把他所有的反帝國主義理論搬出來。然後說著這些國家的不是，全部都是美國帝國主義的幫兇。就算你隨便說個歐洲的國家，他也可以跟美國搭的上邊，然後又是一大堆帝國主義的這裡不好與那裡不好。不過說了個冰島，大概北京沒有多少司機大人聽說過的國家，緊接而來的就是一連串的沉寂。就好像你爸媽在大家圍坐在一起吃年夜飯時，突然開口說起了荷蘭話，你明明就想插進去說些什麼，可是完全使不上力的感覺。

## ★我真的不懂政治

紅色的小夏利繼續開著，師傅老大拿起他那已經變成咖啡色的塑膠茶水杯，轉開蓋子喝了一口，我忽然有一種自己是個學生，準備要上下午第一節課的感覺，雖然腦袋瓜中幾千幾百萬個細胞都在說不，可是又一定要坐好好的聽老師上課。

「咦，那你對中國與台灣有什麼看法？」轉的好，不過還是離不開政治。

「我剛剛到中國，還不太了解。」

「那你覺不覺得台灣應該獨立？」

「ㄟ，我不懂政治。」免戰金牌又被我高高掛在城門上。

「沒關係，咱們有機會就說說，說說。」

「ㄟ，我真的不懂政治。」哈了一口氣，把金牌擦的更亮一點。

「我不是問你懂不懂政治，我是問你個人的感覺。」師傅老大的意志真的很強烈，看來難免一戰了

「我啊……，我覺得台灣不應該獨立。」

「喔？」聽到這句出乎他意外之外的回答，師傅老大突然愣住了。

「是啊，台灣不應該獨立。」我又接著說。

紅燈，引擎轉速降低，車子停了下來。

「那是為什麼呢？」師傅老大牙齒咬著下唇，瞳孔大大的眼中帶點感動的濕潤回過頭來望著我。

「是啊，台灣不應該獨立，中國大陸倒是應該從台灣獨立出去。」我繼續擦著我的免戰金牌。

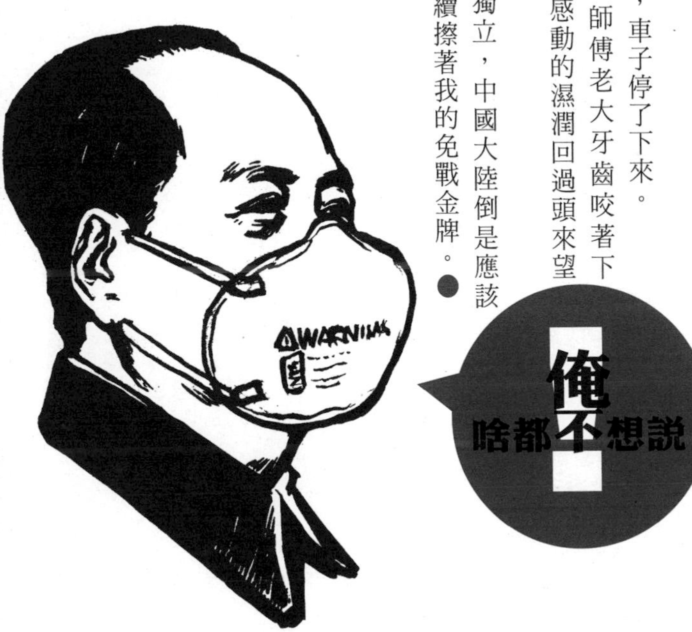

# 北京城內的生活點滴

我們喝著酒，吃著從附近餐廳叫來的水餃，開始聊起大陸的人代大會、台灣人與大陸人如何互看不爽，到世界的未來發展等嚴肅話題。酒喝愈多，氣氛愈熱烈，大家的謬論就愈大聲；談話的內容可能有些不切實際，不過隨著血液中酒精濃度的上升，彼此間的靈魂好像也互相有了碰觸。

# 5

第5章

# 你怎麼這樣丟垃圾啊？

「這些乘客太沒有衛生觀念了，什麼都往地下扔，連走幾步路到拉機箱都不肯！要丟也要找地方丟嘛，你說是吧！」說著說著，把垃圾袋舉起，朝窗外推了出去……。

## ★狩獵活動正式開始

在生活機能上北京雖不如台灣方便，但是唯一最讓人覺得貼心的，就是到處都可以丟垃圾。因為北京現在實行「垃圾到處都可以落地」政策，不但綠色的垃圾箱到處都是，走到哪裡你都不缺地方丟，更棒的是，就算沒有垃圾箱，北京人還是照丟不誤喔！上公車，擠在人群當中，或是騎在單車上，隨時隨地都有人扔個空罐紙袋什麼的出來。不像在台北，垃圾不落地的政策出現之後，台北街頭現在要找到垃圾桶已經比找辣妹還要困難，公車或是捷運上更不用講，連口香糖飲料都不准吃，當然要丟垃圾也是絕對不可能的。

坐上一列由北京開往包頭的列車，綠色的車廂中到處煙霧瀰漫，地上散落著一根根皺巴巴的菸屁股。擠滿滿的乘客就像一袋袋的米，一疊疊堆在綠色的硬座車廂座位上。小孩的哭聲，大人們從喉嚨中不斷爆出的喧嘩與笑鬧聲，還有沿著車廂叫賣的鐵路小推車，好像整個菜市場都被搬到車廂中來了。每個人的眼中都透露著一點點的無奈與著急，好像巴不得這長途慢速列車可以變成火

箭，下一個小時就到包頭。

幾個推著鐵製小推車的小販經過了，賣啤酒、牛肉乾、豆腐、甚至還有科技紅棗都跑出來了。為了多賺一點錢，他們能賣什麼都賣，不過坐硬座的乘客不是臨時買不到位子，就是根本沒有錢買軟座或是臥舖。所以任憑這些推車叫賣的中年婦女喊得再賣力，硬座車廂中跟她們買東西的人還是少得可憐。

跟在這些推車小販後頭的，則是一個穿著藍布長袍的年輕女孩子，看樣子大概20多歲，頭上戴一個扁扁的白布帽，兩邊臉頰被凍得紅咚咚的，一手提著一隻掃把，另一隻手則是拉著身後的黑色大垃圾袋。她一面走過車廂，嘴巴中機械式地吐出這幾個字：

「拉機囉，丟拉機囉！」（也就是「垃圾」，不過大陸的發音是拉機）。

不過車廂中的人還是愛理不理的看著她，只有少數幾個帶著小孩的大媽，把一包包的塑膠袋拿出來，投進藍布女孩拖著的垃圾袋中。望著藍布女孩的馬尾巴，還有她一步一步拖著垃圾袋的走法，硬座雖然有點髒亂，不過還是有人整理垃圾的啊，我心中這樣想著。

藍布女孩一下子就消失在通往另外一個車廂的通道中，我才想起，手上也有些垃圾要丟，連忙追了上去。走到下一節車廂，藍布女孩已經在盡頭開始整理這些垃圾了。

## ★要丟也找地方丟嘛！

「這些乘客太沒有衛生觀念了，什麼都往地下扔，連走幾步路到拉機箱都不肯！」藍布女孩一面拉著黑色垃圾袋，一面咕噥著。我伸手出去，把我那袋垃圾丟進她的黑色大袋中。她雙手抓住垃圾袋口用力往上提了提，好多騰出一些空間來。

「現在這些人啊，都不知道我們收拉機有多辛苦。」她繼續碎碎唸著，一面說還一面綁好她的黑色大垃圾袋。

「是啊，這樣車廂才會比較乾淨吧。」我有點客套的附和了一句。

「是啊，怎樣也不能亂丟吧！」她邊說著邊打開了車廂的一扇窗戶，冷風立刻打到我的臉上，藍布女孩的馬尾巴被風吹得像螺旋槳一樣地轉。

「要丟也要找地方丟嘛，你說是吧！」說著說著，把垃圾袋舉起，朝窗外推了出去……，我聽到幾聲悶響，大概是垃圾落地的聲音。

## ★這可是文明標達公車！

另外有一次在公車上，坐著坐著，前面一個西裝筆挺的人隨手扔了一個空飲料罐在地上。車掌大姐看到了，馬上嚴厲出聲制止。

「你這男同志，你怎麼這樣，隨地亂丟垃圾！」車掌大姐的額頭上浮現「正氣」二個大字。

「對不起，對不起您！」西裝男不好意思地說了，不過，飲料罐還是很無聊的躺在地上。

「我說你啊，咱們這可是文明達標公車，是衛生三紅旗的標兵車，你這人這樣丟，萬一領導看到了怎辦，咱可就沒個說法，沒個交代，沒個……」車掌大姐滔滔不絕，就好像她對祖國的熱愛與忠心一定要一次說完才行，車子繼續走，她也繼續講，飲料罐則繼續在地上發呆。

「對不起，真的對不起，那我現在撿起來好吧？」西裝男在疲勞轟炸之下，終於折腰撿起了那個可憐的飲料罐。

「我看啊，這還像樣一點！」車掌大姐嘴角仍有一些翹。

「對不起您，那我這要扔哪！」北京人客氣的時候，就不說丟，改稱為「扔」了，西裝男的臉有點像MSN上那個害羞的小紅臉。

「給我哪！」車掌大姐豪氣地跟西裝男辦理了飲料罐交接儀式，車內的乘客，至少我自己是，心中都在為這位大姐的舉動鼓掌。

車子到站，擁上來一群群乘客，車掌大姐忙著查票、剪票、賣票，飲料罐就放在腳邊。等到車子一開動，車掌大姐「啪」一聲打開窗戶，隨手就把罐子扔了出去，嘴中還唸著：「咱們這可是文明達標公車，哪能給他那個傻B亂搞哪……。」

第5章

# 公車上的主席大戰

**「不行，人人平等，毛主席，我只給5角。」「不行，毛主席也一樣，8角。」藍布衫的眼神露出一縷青光，嘴角的肌肉還有一絲抽動；面對面的大黃牙，頭上的汗珠膨脹了一些滴落下來，眼皮好像有點跳動，正思索著下一句話。**

## ★擠成動物大觀

到了北京沒有多久，路上最吸引我注意力的，就是兩兩相連接在一起的北京公車。北京一台公車有台灣兩台的長度，中間連接的機器被一大塊伸縮橡皮包裹著，車頂上還有兩根長長觸角，輕輕地連接著無所不在的電纜線。下雨或是下雪的時候，電纜線一與水氣接觸，還不時會冒一些零星火花出來。這些公車就像一隻隻的大蟲在市區內進進出出，是最平民的交通工具，在車上你可以看到形形色色北京百態，一般市井可以見到的，車上都有，就算見不到的，也都有。

雖然其貌不揚速度又超級慢，而且三不五時靠站就會造成交通阻塞，但這種公車可是北京交通運輸的最可靠苦力。即使因為改革開放的關係，北京街頭多了許多高級私家轎車，從AUDI、BMW，甚至到BENZ各種款式都不缺，不過大多數民眾還是會乘坐這種暗黃色，貼著大大標語「改革開放萬家興，熱烈感謝偉大的共產黨。」的老公車。每天早上出門，巷口的大馬路上總是一大堆

公車擠在一起，一大群人上上又下下，然後又慢慢地開走。要是你還沒有完全睡醒，這種「浩大」畫面真會讓你以為在台灣看Discovery頻道的動物大觀哩！

上了車，不管是在前半截車廂或是後半截，不用多久就會有一個穿著藍布大衫，年紀大約40多歲，頭上帶著小盤帽的車掌小姐過來跟你收票。

「ㄟ，你的票呢？」車掌小姐語調高昂地問著，好像她是天安門閱兵的司儀。

「喔，多少錢一張？」我的聲音聽起來就像是某某朝代被征服的順民。

「8角，這是沒空調的！」

我遞出一塊錢，車掌小姐動作快速俐落地還給我2毛，外加一張薄到幾乎不存在的車票，繼續移動她的身軀往下個乘客移動。

## ★毛主席大戰江主席！

「ㄟ，你的票呢？」藍布衫大姐再度開口了。

「多少錢啊？」穿著綠色毛澤東裝的老漢跟我的反應一樣。

「8角，這是沒空調的！」很熟悉的回答。

「8角（發音為『把較』）？咱兒那通縣只要5角啊，您這是不是算錯了？」老漢黃牙大開地說著。

「通縣那兒我不管，反正這裡就是8角！」藍布衫大姐意志堅定，氣勢高昂地說著，好像革命的氣氛已經在車箱中擴散開了。

「您這不行啊，哪有過個界就變了個樣啊！都是在北京，您價錢不能亂收啊！」有點委屈又生氣的心理，已經讓老漢臉上開始扭曲了。

「ㄟ，我說你這人，哪有上車不給錢的事兒啊？」藍布衫大姐一動氣，四周的人都倒退半步，車廂人群中霎時空出一個小圓圈，地板上的紙被藍布衫大姐的呼氣吹動起來，轉了半圈又落下。

「不行，毛主席說人人平等，我只給5角！」老漢的嘴巴大開，唾沫四濺，人群圍的小圈圈又擴大了一點，頭上的毛髮滲出一些汗水，似乎有個

毛主席雕像出現在半空中。

「不行，我這是一個都不能少，毛主席來了也一樣！」藍布衫大姐也打出毛主席牌，人群中的氣氛愈來愈凍結。

「不行，人人平等，毛主席，我只給5角。」黃牙老漢堅持這三個原則。

「不行，毛主席也一樣，8角。」藍布衫大姐還是不鬆口。

我覺得再這樣講下去，可能連紅衛兵都要搬出來了，雖然這是70年代留下來的公車，怎麼連對話都一起保留了呢？藍布衫的眼神露出一縷青光，嘴角的肌肉還有一絲抽動；面對面的大黃牙，頭上的汗珠膨脹了一些滴落下來，眼皮好像有點跳動，看的出來他腦袋瓜子裡正思索著下一句話。

「不行，我要去跟江主席說，我們人人平等！」話語從黃牙老漢嘴中跳出。

「什麼？江主席！我呸，江主席跟你坐這個車，你省省吧，改革開放，我還人人平等啊，人家都坐大轎車了！」

公車到了站，我一擠下車眼前就竄過去一台黑色的AUDI A6。究竟黃牙老漢與藍布衫大姐的對戰結果如何我不知道，為了那3角錢，到底是江主席還是毛主席大也不得而知，不過公車上的標語我還是記得很清楚：「改革開放萬家興，熱烈感謝偉大的共產黨。」3角錢還是3角錢，真感謝偉大的共產黨。

# 我有一張票你要不要？

第5章

「ㄟ，我這有一張前幾天買的車票，今天還可以用，你要不要？」60歲老頭突然蹦出這一句話。男子眼中露出了一絲光亮，大概是急著想回家，不過隨即又露出了一點懷疑，既然有票這個老頭為什麼還等了三天呢？

## ★不用SARS也有難民潮

星期一下午的火車站，車站前的廣場照樣擠滿了一堆堆的人。只要去過中國大陸任何一個火車站的人，大概都忘不了那種景象：大包小包的行李堆在車站前，高高在上的擴音器傳出了一陣陣的廣播聲；人群在廣場上或坐或躺，堆地高高行李就是他們臨時的領域範圍，好像成了一個個的小村落一樣。

冬天的時候還好，因為天氣冷，廣場前的人少一點也是很正常。秋天與春天的時候就挺可怕的，因為氣溫適合露宿在外，這些從各個省份來的人，就全部集中到站前廣場報到。以前在電視上看過的難民潮，現在真是活生生在我面前重演。最近北京的SARS很嚴重，電視上一直報導北京出現難民潮的消息，其實就算SARS沒這麼嚴重，北京車站從以前就一樣有難民潮啦。

但到了夏天，那就真的只有恐怖可以形容：車站前除了一堆堆的人山與行李山之外，還會散發出一陣陣的異味。天氣炎熱之外，這些等著坐車的民工又沒有地方洗澡，幾天下來身上的味道都重的可以。不需要經過他們身邊，離個4、5公尺遠的地方就可以「聞」到這些人的存在。

## ★ 人情味還真重啊

「往瀋陽第4017次列車，目前尚有硬座座位，請至第七售票窗口購票。」

廣播中的聲音才一說完，廣場上的群眾就好像在玩大風吹一樣，要買車票的人連忙拎著、拖著，或是抱著，拿起行李全部湧向售票口的方向。而不去買車票的人，就忙著在那裡東張西望，想要找一個太陽曬不到的位子，或是別人空出來的好位子。

「大哥，跟您借個火吧！」一個大約60歲的老頭突然問起身邊的人。「您要到哪兒？」他又再順口問了一句。

「去長春。」不知名的男子回答。

「長春啊，咱們要去單東。」

「真的？現在票好買嗎？」

「票還算好買，我們才等了三天而已。」60歲老頭以一副自若的神態說著。

光等著買票就要等三天，而且是餐風露宿無止無盡的等，這在台灣大概聽都沒有聽過。不過這些人看起來都甘之如飴的樣子，唯一的解釋大概是因為他們也沒有其它的選擇吧！老頭與年輕男子繼續聊，同樣是東北來的人，從家鄉聊到了北京的生活，再從北京聊回到家鄉。菸是一根根的抽，兩個人的關係成長的速度大概也與香菸的數目成正比。

「ㄟ，我這有一張前幾天買的車票，今天還可以用，你要不要？」60歲老頭突然蹦出這一句話。

「到長春的嗎？」

「不直接到長春，但是到遼源，你到那就可以坐車接長春了。」

真真假假真真
咱看多了，您自個得兒
提防注意，我這兒還有
兩張票算您便宜，您要不？

不知名的男子眼中好像露出了一絲光亮，大概是急著想回家。不過隨即又露出了一點懷疑，既然有票這個老頭為什麼還等了三天呢？

「那有票你為什麼不坐呢？」不知名男子道出了他心中的疑慮。

「只去遼源，我們離的還太遠，買的時候不知道，但票倒是真的，你不用怕。」60歲老頭說著。

不知名男子好像在腦袋裡想了兩秒鐘，又拿出一根菸抽。

「這樣，那你先給我吧！」

說完就掏錢出來，拿了老頭的票之後就離開了。

我在旁邊看了這一幕，人家說中國人的人情味特別重，好像還是有幾分道理，至少同一個區域來的人還會互相幫個忙。我才剛剛發完這個感想，就看到老頭又四處張望著，見著另一個年輕人走過來，老頭又跟上去了。

「大哥，借個火吧！您要去哪啊？」60歲老頭又開口了。

「南京。」對方回答。

「南京啊，剛好我要去江蘇，離你那兒很近的。」老頭接著說。「我們在這兒已經等了五天啦……。」60歲老頭又接著說下去……

看來中國大陸不只人情味多，連騙子也很多。

第5章

# 桃子與防人之心

**在北京，最會抬價的的商人常常把這句話掛在嘴邊：「隨便你給，隨便你給」，翻譯成中文，就是「隨便我要，你是豬頭」的意思。防人之心不可無，北京住久了，什麼人說的話都要打個折扣，於是我開始懷疑眼前這位老婆婆。**

## ★要不要買桃子？

車停了，觀光客踏著八字步一一跳下箱型車，一個人兜著嘴上的香菸，另一個看起來有一點無奈，其它人則一副無所事事的感覺。從樹上颳來一陣微風，吹散了車上飄出的中南海香煙味。

路邊小攤販一看到車停了，自動開啟身上的販賣細胞，努力招架著台灣口音的攻擊。

「這個素什麼？」

「白蜜桃兒，這兒的特產，都是咱們自種自銷的。」

「阿素多掃錢？」

「不貴，算你便宜一點。」

「喔。」

小販臉上露出有點詭異又帶點不安全感的笑容，觀光客則開始東挑西撿。我慢慢地爬下前座，好像電視廣告中，勞斯萊斯後座美女伸出的雙腿畫面的殘

障搞笑版一樣，從車上跳下來，看著不遠處的這一幕。

「要桃子嗎？」一位臉上連皺紋都在笑的老婆婆，慢慢從對面走了過來，只有三顆大門牙的嘴中吹出這幾個字。我往對面看過去，孤單的竹推車上，只有排列整齊看起來很沈靜的白桃子。

背景傳來了農民與觀光客爭論的噪音，一個在大力推銷自己的桃子有多好，另一個則是用台語與身旁的人努力交談著，桃子乾不乾淨、價錢划不划算等。平常桃子在台灣賣多少錢我不清楚，但觀光客倒常常為了一斤幾塊人民幣在與小販殺著價。

轉過身去，老婆婆還是一臉笑容的看著我。

「要桃子嗎？」又問了我同樣一句話。

「這怎麼賣？」說出這句話，不只是順口回應老婆婆的問句，也是為了打發等待這些人殺價的時間。

「隨便哪，現在桃子不好做，但是肯定甜！」話語從老婆婆的嘴中吹出，還飄著濃厚的鄉音，皺紋依舊在她的臉上笑著。

## ★隨便你給，隨便你給

一聽到隨便，我全身的警戒燈就會馬上亮起。因為在北京，最會抬價的商人常常把這句話掛在嘴邊：「隨便你給，隨便你給」，翻譯成中文，就是「隨便我要，你是豬頭」的意思。本來以為到了北京的郊外，小販可能會老實些，不

第5章

過還是一樣，「隨便你給，隨便你給」。防人之心不可無，北京住久了，什麼人說的話都要打個折扣，於是我開始懷疑眼前這位老婆婆。

我沒有回話，老婆婆臉上的笑容顯得有些焦慮，大概是怕我不買她的桃子。

「你怕不甜的話，可以嚐嚐。」

「嚐嚐，沒有事的！」老婆婆說著，從布袋裡掏出了一把小木柄的刀子。刀刃上一個個的缺口，這種使用狀況，大概是已經用了十幾二十年了。一手拿著桃子，一手握著刀子，有點笨拙的要切開來。看的出來是因為刀刃早就鈍了，老婆婆切得很費力。不遠處傳來了觀光客的聲音，吵著要去路旁的桃園看看，一睹這些白蜜桃的老家，看樣子又有一陣子好等了。我看著老婆婆吃力的切桃子，伸手拿出了我的瑞士刀。汁液沿著刀刃滑下來，我幫她把桃子切了一小塊。

老婆婆馬上那一小塊桃子遞給我「嚐嚐，沒有事的！」，又說了一句同樣的話。

桃子一放進嘴中，果糖的成分就融入了味蕾。本來不好吃桃子的我，這下也有點動了心，買幾個帶回去。老婆婆則是已經拿出了塑膠袋，看樣子她對自己的桃子很有信心。我東挑西撿的選了幾個桃子，放進塑膠袋中。

「這樣多少錢？」我開始準備要殺價了

「只買這麼一點啊？」老婆婆臉上有點失望。

「這樣對我來說已經很多了，我不吃桃子的。」

「這麼一點，就隨便給吧。」聽她這麼說，我的警告燈又亮了起來

「隨便是多少？」殺價系統全面備戰。

「隨便，我看給個2塊就好了。」

聽到這個價錢我倒是嚇了一跳，2塊人民幣不過台幣8塊。望著手上那4、5個大如拳頭的桃子，這價錢好像不太真實。

我不多說，趕緊掏出2塊錢，老婆婆伸手收下了，臉上的皺紋也笑得更皺了。

回去的路上，大家一面說著話，一面拿出桃子來吃。原來就很悶的箱型車裡，現在又多了一股桃子的氣味。

「你的桃子好甜ㄟ，怎麼比我們的甜那麼多？」後座傳來這樣一句話。

「不會吧，同一個地方產的啊！」我開始回想起老婆婆說的「肯定甜」。

「啊你買這樣多少錢？」

「2塊錢。」

「蝦咪？這樣才兩塊，我們那樣隨便選選就要20塊，不過才多你幾個而已！」

我腦海裡不禁浮現了老婆婆臉上的皺紋，還有笑容中露出的大門牙。隨便給原來真的就是是隨便給的意思，我感到有些不好意思，與桃子無關，而是我的防人之心。●

第5章

# 小郭

**小郭總是穿著一件長袖的藍色襯衫，背著一個藍色背包，上面寫著「今年爸媽不收禮，收禮就收腦白金」，裡面一定會裝著滿滿的蔬菜、雞肉，還有一大把胡蘿蔔與一包花生，這就是我們當天的午餐內容。不過花生是小郭買來自己吃的。**

## ★煮飯的阿叔

會煮飯的小郭，同時也兼任我們辦公室的「阿叔」。每天早上六點半，小郭會到辦公室來打掃清潔，北京人稱這些專作清潔衛生的人叫做「阿姨」，因為百分之九十都是女性在作這份工作；如果是男性，我們就稱作「阿叔」。小郭也是我們辦公室的廚子，因為北京人在公司上班都會附一頓午餐，平常都是買便當盒讓大家解決。有一天經理算了算每天買便當盒的花費，跟會計在辦公室開了一個10分鐘的會，第二天小郭就出現在辦公室了。公司為了節省午餐的花費，小郭從此也就有了一把新的菜刀。

我看到小郭的時候，他已經31歲了。原來是安徽人，6年前跟著他的大舅子到北京來打工。原來早上在街上擺早點攤賣燒品油條，下午就改賣小籠包。二個人一個星期賣七天，星期天的下午休息，一個月可以分到一千塊人民幣。房租一個月要300塊，扣掉飯錢與菸錢，小郭存一年的錢可以回安徽老家過一次新年。不過有一年突然街上多了很多警察，所有的早點攤全部要結束營業，連

最後一天的大拍賣機會都沒有。因為要整頓北京的市容，小郭第一份打工生涯就結束了。

早上六點半要到辦公室，小郭必須在早上五點半鐘就起床，花短短的20分鐘梳洗兼吃早飯，再騎40分鐘的單車來到公司。接著是花兩個小時整理我們前一天下午留下來的咖啡杯、倒光垃圾桶中的紙屑、清理被我們踩髒的地板，還要幫Joan丟掉桌上的STARBUCKS空紙杯。做完這些事後還得等著我們出現，對第一個進辦公室的人說聲「早！」他的聲音裡面總是會帶著一絲羞怯，然後消失在辦公室的門外。

不管是哪一個季節，小郭總是穿著一件長袖的藍色襯衫，這種在90年代中尾期很流行的襯衫顏色，是現在北京菜市場中到處可見的商品。他會背著一個藍色背包，上面寫著「今年爸媽不收禮，收禮就收腦白金」，大概是買什麼東西後的贈品。裡面一定會裝著滿滿的蔬菜、雞肉，還有一大把胡蘿蔔與一包花生，這就是我們當天的午餐內容。我不知道平常時候這個背包裝了些什麼，可能是一份北京晨報、一包香菸，或者只是空空如也的帶回家。每次你大概可以從堆在廚房門口旁的物品猜到今天中午會吃些什麼：雞肉與花生？那今天就會有宮保雞丁；一大束香菜與兩大塊豆腐？那今天就是麻婆豆腐；白菜與乾蝦仁？那桌上一定會有一道開洋白菜。不過有時也會有些意外，雞肉可能會變成紅燒雞塊，不過不加花生，因為花生是小郭買來自己吃的。

做完午飯以後，小郭會走到辦公室外面抽菸，每次都是一包白色的中南海，一包4塊5人民幣，小郭可以抽上三天。抽菸的同時，順便也是等我們吃完飯，小郭要洗盤子；洗完盤子之後，有時他會跟辦公室的女孩聊聊天，講些哪裡又出了車禍，或是他早上在路上看到的什麼熱鬧事。要是沒有新聞八卦可以說，小郭就會說說他懷孕的太太，或者只是自己看自己的報紙。不過就算是看到天大的熱鬧，最後總會轉到他懷孕的太太，這是他最喜歡講的題目。小郭的太太比我大2歲，4年前好不容易得到上級領導與單位批准可以結婚，就跟著他到北京來打工。一有機會就作「阿姨」，沒有機會就專心作自己家的阿姨，直到她懷孕三個月為止。有天做完飯時，小郭喜孜孜地拿出了一盒糖果，原來他太太前天才生了一對雙胞胎，是兩個男孩子，糖果是這位得意的父親跟我們分享的小小快樂。

## ★他的背影

某個星期五的下午，辦公室的秘書拿了一個紙盒子到我桌前。小郭的雙胞胎兒子其中一個大腦發育不全，現正住在加護病房中，醫院要先收八千塊人民幣才願意治療，小郭大概借光了所有親戚朋友的錢。三天之後護士又來病房告訴他，錢用完了，要不再交八千塊人民幣，要不就把小孩帶回老家。這裡沒有社會保險，也沒有保險公司，更沒有先治療再收費的醫院。

我把一張100元人民幣紙鈔放進盒子中，裡面的錢大概也只是意思一下而

已，綁著馬尾的秘書臉上已經寫的清清楚楚。趁著小郭洗完盤子，秘書把錢拿給他，小郭到辦公室一一跟大家道謝，臉上的笑容當然是勉強擠出來的。道完謝，背起他的藍色背包，小郭又再一次的消失在辦公室的門外。

星期二我出差回來時，聽同事說小郭的兒子已經死了，小郭也離職了。從此以後，辦公室裡的女孩繼續買便當。●

第5章

# 司機師傅

**開車的人多了，生意也愈來愈少，喀瓜子的時間更多了。一個月原來賺800，到後來只剩下400，老婆孩子的手還是一直伸著要錢。「客人只管挑便宜的坐，你不降價，就沒有人要坐你的車子，誰管你啊！」大眼鏡師傅吸了一口菸說著。**

## ★司機師傅的開車經

下了班之後，跟朋友約在三里屯酒吧街的餐廳吃晚飯。傍晚6、7點的時候，三里屯旁的街道擠得像逃難一樣。大大小小的車輛擠在長紅橋與工體北路路口，紅色的計程車、黑色的奧迪與福斯桑塔那，還有白色箱型麵包車，全部都堵在紅綠燈前面。快車道上的車子停滯不動，像個長方形的停車場，自行車道上的腳踏車流，也被來去流竄汽車打擾的四處飛散。連人行道上的行人，都因為寬度不夠人龍的數量，像牙膏一樣擠爆開來。喇叭聲、快要不行的引擎咳嗽聲，還有行人與司機的互相叫罵聲，同樣也在空氣中四處流散。

「真他媽的傻B，前面一整排車怎麼不動呢？」坐在前座的計程車司機嘴裡開始咕噥著。

「下班車多吧，不是每天都這樣的嗎？」反正無聊，我也順便附和一下。

「是每天都這樣，可是那些傻B，每天都這樣，也不見有人出來管管！」

「不是有警察嗎？」

「警察？我操，警察這時候都下班了，誰管你啊！」

接下來，不知道話題怎麼轉的，可能是因為塞車塞的太無聊，這位帶著大黑框眼鏡的司機大師傅開始跟我大談他的開車經，從他在北京郊外的密雲縣開麵包車說起。他原來是在一個單位開卡車的，工作量不多，不外就是幫他的「單位」送送貨，不必開長途也不用開夜車。每天朝九晚五上下班，空閒的時候可以跟其它司機坐在輪胎旁抽菸嗑瓜子，有時確定不必出去送貨，就可以窩在停車場喝著他那一罐茶葉水兼下下棋，輕輕鬆鬆就過完一天，過年過節的時候還可以提早個幾天休假。每個月不管做多做少，一樣領他那人民幣800塊的薪水，吃不飽但也餓不死。「日子就這樣過唄，倒也不錯。」他有點滿足又無奈地補了這一句。

之後改革開放了，單位為了要賺錢，不能再養這些大部分時間都在喝淡茶下棋的司機，一天下班之後，他就成了千萬大陸下崗員工中的其中一名。

「鄧小平說要改革開放，單位說要賺錢，賠錢的就全部下崗，誰管你啊！」他瞪了一眼前方穩如泰山的車龍，吸了一口菸。

## ★誰管你呀！

改革開放他失業，但家裡的老婆還是要吃飯，小孩還是要上學。雖然是社會主義與共產主義，別人的大轎車他連邊沒有碰過，更別說共別人的產了。他什麼都不會就只會開車，於是租了台小麵包車，到密雲縣的路口開始拉客，做起了黑牌計程車的生意。一開始因為開麵包車的還不多，生意還過得去，平常一天拉個三四個客人，等生意的時候一樣可以喝茶、下棋，或嗑個瓜子，就跟以前的日子差不多。扣掉油錢還有麵包車的租金，也可以像以前一樣賺個800多塊，但週末更要出來拉客而且過年過節還要加班。因為那幾天客人更多，而且更容易把價錢拉高。日子跟以前差不多，只不過每次開車都要花些時間跟客人講講價錢就是了。

過了幾個月，開麵包車的越來越多，因為下崗的貨車司機也越來越多。大家找不到工作，全部都租了台麵包車來找錢吃飯。開車的人多了，坐車的人也少。供過於求，不但價錢要壓的更低招攬生意，生意也越來越少，嗑瓜子的時間更多了。一個月原來賺800，到後來只剩下400，老婆孩子的手還是一直伸著要錢。

「人家客人只管挑便宜的坐，你不降價，就沒有人要坐你的車子，誰管你啊！」大眼鏡師傅又吸了一口菸說著。

麵包車生意沒得做了，聽人說北京市裡現在發達了，開計程車的生意好，

大眼鏡師傅只好進了京城，用一個月五千五百元人民幣租了一台1.6的富康，做起計程車司機來。月租一個月就要五千五百元，平均每天要做185塊人民幣的生意。加上了油錢以及每天的飯錢，還要付老婆孩子的菜錢與學費，每天最少要做250元人民幣的生意。這樣一個月下來，才能維持以前800元人民幣的收入。收入與以前一樣，但是卻沒有了以前喝茶、下棋，和嗑瓜子的時間，隨時都要坐在車上等生意，喝那麼多茶反而只會浪費時間上廁所。北京市雖然發達了，坐車的人多，但是開車的人更多。市區的路口動不動就塞車，一天有5個小時最少是花在塞車。塞車的時間多了，做生意的時間就少了。所以只能每天開16的小時的車，晚上還要睡在車上，第二天繼續開。一個星期回一次密雲的老家，給老婆小孩菜錢與學費。晚上睡不好，早上車子也開不好，但是車租一樣要給。

車陣往前移動了一點，大眼鏡師傅又嘆了一口氣，因為多塞一分鐘，他今天晚上就得少睡一分鐘。我問他這樣每天工作16個小時，不累嗎？他回答我，不工作這麼長的時間就沒有錢繳車子的租金，那些計程車公司可是只會按照日子收錢，不講其他情面的啊。

「你繳不出錢，就沒有車子開，拉不到客人，那是你的事，誰管你啊！」他又補了這麼一句。

第5章

# 國籍不是最重要的

毛澤東與蔣介石之間的恩恩怨怨，不是在中國文化下成長的人，很難去了解。半個世紀在不同政治教條下成長的差異。西方人也鮮少有機會了解，中國大陸的本地人則是一提起這個問題就會高喊：「大中國統一！台獨必亡！」

## ★靈魂之間的碰觸

星期三傍晚，我正在廚房洗昨晚剩下的碗盤，心裡盤算著晚餐要吃些什麼，應該是叫樓下餐廳的外賣，或者是自己煮麵條？門鈴響了，打開門一看，原來是Guy站在門口。這個身材高瘦的澳洲老實際年齡已經30出頭了，可是看起來永遠都只有25歲，臉上還有一副滿月狀笑容。手提的塑膠袋中，裝著一打的青島啤酒。不用多說，我不知道今天晚上的晚餐吃什麼，但是晚餐之後的啤酒是一定少不了的。

來自西澳的伯斯，Guy總是帶著一股濃濃的澳洲鼻音腔。一方面可能是天生口音，另一方面也是用說話的腔調代表自己的澳洲驕傲。第一次見到他，是在室友Malte的一個晚餐聚會上。幾個人坐在餐桌前，談著一些無關緊要的客套話。話題再怎麼轉，也都是跟著北京的生活打轉：搞不清楚方向的計程車師傅、隨地吐痰的老頭子，還有變成北京特色的殺價經驗。大家雖然很賣力的說

著自己的遭遇，整個談話還是在淺淺的表層打轉，就像那種非正式的社交膚淺談話。平常我會把這些朋友當成是擴大自己社交圈的一種成果罷了，不能說是酒肉朋友，但是深層的心理接觸是很難在這些人身上找到的。不過，突然之間，Guy對我說：

「台灣人在北京，心理上一定很不容易吧！」

「嗯，很多事情跟我想的不一樣。」我一面講，眼睛看著桌上的酒瓶。

「從蔣介石換成毛澤東，兩邊的歷史觀真的差很多。」Guy說著

「我可以想像，當初東西德剛剛統一時，很多去東德工作的西德人也有這種問題，不過你們的情況應該更不一樣。」室友Malte也加進來了。

Guy突如其來地說了這樣的一句話，點出了台灣人在中國大陸最難適應的心理問題，讓我有點吃了一驚，因為平常我很少跟人提起這些方面的感想。毛澤東與蔣介石之間的恩恩怨怨，不是在中國文化下成長的人，很難去了解半個世紀在不同政治教條下成長的差異。西方人鮮少有機會了解，中國大陸的本地人則是一提起這個問題就會高喊：「大中國統一！台獨必亡！」之類的一言堂口號。我跟Guy的認識時間不長，直通我心裡的一句話真的有點突然。不過突然歸突然，這句話倒是解除了我跟他之間的最後一道心理防線。我們喝著酒，吃著附近小餐廳叫來的水餃，話題愈聊愈深。三個人從中國大陸的人代大會、台灣人與大陸人如何互看不爽、一直到人類與世界的未來發展。這種類似清談會的話題，讓我想起過去在大學時，每到週末就是與好同學喝酒，然後發表一

些心中的謬論。酒喝的愈多，氣氛愈熱烈，大家的謬論就愈大聲。談話的內容可能有些不切實際，不過隨著每人血液中酒精度的上升，彼此間的靈魂好像也互相有了碰觸。

曾幾何時，這種人與人之間的接觸變成了應酬的另一個化身。喝酒的酒友很容易就找的到，但是想要從口中說出的話卻是愈來愈困難。畢業的時間愈長，很多話埋在心裡的時間就愈久。偶爾幾個大學同學聚在一起的時候，也許你可以找得到時機說說，但是很就會被工作、有些時候是家庭、還有生活上的瑣事封了嘴。好像出社會愈久，每個人心中那股氣就被磨的愈平。很多事情都變的無所謂，或是用「別計較這麼多」帶過去。

## ★心靈無國界

Guy、Malte，還有我，三個人來自三塊不同的大陸，有著不同的語言、生活環境、以及不同的文化背景，三個人能聚在一起，我不能說是命運的安排，但至少是幸運女神的幫助。曾幾何時，失落的過去時光不一定能完整重現，但是至少我們有機會在不同的時空環境下可以依稀看到這些記憶的背影。就好像隔著毛玻璃看看你久未相遇的老情人，雖然碰不到，聽不見，但是心中的記憶池塘依然會激起一連串的漣漪。也許文化背景不同，但是每個人的心中總是一樣的。文化、語言、還有膚色與外貌，只是每個靈魂的外在包裝罷了。現在在我眼前的Guy與Malte，看起來就好像是我大學同學。週三的夜晚，又回到了

10年前某個學期的週末。

「Nationalities doesn't matter, mentalities matter.」Malte說出了這句話，也許可以翻譯成中文中「心靈無國界」的意思。

「為了這句話，我們要再喝一杯！」Guy大聲說著。

我們大家又舉起酒杯，將杯中澄黃色的液體一飲而盡。點燃一支支的香菸，打火機不斷發出嚓嚓的聲音，還有酒瓶與玻璃杯的碰撞聲、我們的喧囂聲……，時針快速佔據了4的位置。

「不早了，我應該要回去了，明天還要工作。」Guy站起身來說著。我與Malte送Guy出門，關上了大門，互道了聲晚安。

第二天，我們接到Guy的電話，他的父親在澳洲病危，一定要馬上趕回去；Malte也因為德國的工作，臨時也要飛回歐洲。這是我最後一次見到他們。

yghyg 於Sun Aug 24 00:00:37 2003)
提到：
我們拿中華人民共和國的護照，所以我是中國人，你拿中華民國的護照，所以你也是中國人，如果你否認你是中國人，我覺得你處在一個非常尷尬的地位。

# 去他的北京之後，我也歡迎別人寫出台北的醜陋面！

這本書在今年八月出版後，不僅在台灣深受好評，竟然也在對岸的大學bbs站上引起了一陣熱烈討論風潮，效應之大真是出乎我意料啊！

在台灣，身邊的好友以及許多讀者紛紛向我表示：「沒錯！北京就是這個樣子，真是妙透了！」而對岸同胞的反應呢？當然，他們會對內容有點反感是一定的，但什麼都能扯到政治也真是奇怪！於是，我寫一篇公廁，他們就要討論我歧視鄉下、城鄉差距的問題；我寫一篇大陸的奇怪翻譯，他們又要討論正版盜版的問題，甚至批評我見識不廣，以訛傳訛。最後，竟然問我拿哪一國的護照？承不承認自己是中國人？還有兩岸統一與否、台灣獨立與否，中美關係、北南韓關係，連老孫時代、老蔣時代都拿出來討論了，還真能扯呀！

kezi 於Sun Aug 24 03:07:55 2003)
提到：
台灣是不是想和大陸打核戰？台灣多大？大陸多大？打核戰那方面便宜？大陸能搞出核武器是因為大陸能不需要理會美國，台灣可以嗎？沒有美國，你們飛機也搞不出來！

看了許多大陸同胞對我的「指教」，甚至是「攻擊」，我有些感想要說：

寫這本書，目的是讓其他台灣人知道北京的生活，一方面是對我自己的回憶作一個紀錄，另一方面也是希望能反映出更真實的北京。我從來沒有把北京批評得體無完膚，但也沒有說北京是個天堂。當然，我是用主觀的意識去寫，但這畢竟這是我個人的遊記，從來不是強調客觀、嚴格檢視的學術報告啊！只是，我看過了這麼多的回應，大部分的大陸網友都不承認，當然也不高興見到我所提出的意見，對這一點，我還是有點失望的。

# 朱雀文化 和你快樂品味生活

| | | | |
|---|---|---|---|
| COOK50032 | 纖瘦蔬菜湯——美麗健康、美麗防癌蔬菜湯 | 趙思姿著 | 定價280元 |
| COOK50033 | 小朋友最愛吃的菜——88道好做又好吃的料理點心 | 林美慧著 | 定價280元 |
| COOK50034 | 新手烘焙最簡單——超詳細的材料器具全介紹 | 吳美珠著 | 定價350元 |
| COOK50035 | 自然吃・健康補——60道省錢全家補菜單 | 林美慧著 | 定價280元 |
| COOK50036 | 有機飲食的第一本書——70道新世紀保健食譜 | 陳秋香著 | 定價280元 |
| COOK50037 | 靚補——60道美白瘦身、調經豐胸食譜 | 李家雄、郭月英著 | 定價280元 |
| COOK50038 | 寶寶最愛吃的營養副食品——4個月～2歲嬰幼兒食譜 | 王安琪著 | 定價280元 |
| COOK50039 | 來塊餅——發麵燙麵異國點心70道 | 趙柏淯著 | 定價300元 |
| COOK50040 | 義大利麵食精華——從專業到家常的全方位秘笈 | 黎俞君著 | 定價300元 |
| COOK50041 | 小朋友最愛喝的冰品飲料 | 梁淑嫈著 | 定價260元 |
| COOK50042 | 開店寶典——147道創業必學經典飲料 | 蔣馥安著 | 定價350元 |
| COOK50043 | 釀一瓶自己的酒——氣泡酒、水果酒、乾果酒 | 錢薇著 | 定價350元 |
| | | | |
| **TASTER系列** | **吃吃看流行飲品** | | |
| TASTER001 | 冰砂大全——112道最流行的冰砂 | 蔣馥安著 | 特價199元 |
| TASTER002 | 百變紅茶——112道最受歡迎的紅茶・奶茶 | 蔣馥安著 | 定價230元 |
| TASTER003 | 清瘦蔬果汁——112道變瘦變漂亮的果汁 | 蔣馥安著 | 特價169元 |
| TASTER004 | 咖啡經典——113道不可錯過的冰熱咖啡 | 蔣馥安著 | 定價280元 |
| TASTER005 | 瘦身美人茶——90道超強效減脂茶 | 洪依蘭著 | 定價199元 |
| TASTER006 | 養生下午茶——70道美容瘦身和調養的飲料和點心 | 洪偉峻著 | 定價230元 |
| TASTER007 | 花茶物語——109單方複方調味花草茶 | 金一鳴著 | 定價230元 |
| TASTER008 | 上班族精力茶——減壓調養・增加活力的嚴選好茶 | 楊錦華著 | 特價199元 |
| TASTER009 | 纖瘦醋——瘦身健康醋DIY | 徐茵著 | 定價199元 |
| **QUICK系列** | **快手廚房** | | |
| QUICK001 | 5分鐘低卡小菜——簡單、夠味、經點小菜113道 | 林美慧著 | 特價199元 |
| QUICK002 | 10分鐘家常快炒——簡單、夠味、方便菜100道 | 林美慧著 | 特價199元 |
| QUICK003 | 美人粥——纖瘦、美顏、優質粥品65道 | 林美慧著 | 定價230元 |
| QUICK004 | 美人的蕃茄廚房——料理・點心・果汁・面膜DIY | 王安琪編著 | 特價169元 |
| QUICK005 | 懶人麵——涼麵、乾拌麵、湯麵、流行麵70道 | 林美慧著 | 定價199元 |
| **輕鬆做系列** | **簡單最好做** | | |
| 輕鬆做001 | 涼涼的點心 | 喬媽媽著 | 特價99元 |
| 輕鬆做002 | 健康優格DIY | 陳小燕、楊三連著 | 定價150元 |

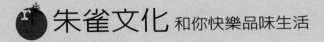

北市基隆路二段13-1號3樓　　http://redbook.com.tw
TEL：2345-3868　　FAX：2345-3828

| EasyTour | 新世代旅行家 | | |
|---|---|---|---|
| EasyTour001 | 省錢遊巴黎 | 劉文雯著 | 定價220元 |
| EasyTour002 | 省錢遊北海道 | 謝坤潭著 | 定價299元 |
| EasyTour003 | 到東京逛街 | 劉文雯、黃筱威著 | 定價250元 |
| EasyTour004 | 東京台北逛雜貨 | 黃筱威著 | 定價250元 |
| EasyTour005 | 花小錢遊香港——扮美美&吃好吃 | 孫玉銘著 | 定價250元 |
| EasyTour006 | 京阪神——關西吃喝玩樂大補帖 | 希沙良著 | 定價299元 |
| EasyTour007 | 花小錢遊韓國——與韓劇場景浪漫相遇 | 黃淑綾著 | 定價299元 |
| EasyTour008 | 東京恰拉——就是這些小玩意陪我長大 | 葉立莘著 | 定價299元 |
| EasyTour009 | 花小錢遊新加坡——女性、學生、親子的新天堂樂園 | 孫玉銘著 | 定價249元 |
| EasyTure010 | 迷戀巴里島——住Villa、做SPA | 峇里島小婦人著 | 定價299元 |
| EasyTure011 | 背包客遊泰國——曼谷、清邁最IN玩法 | 谷喜筑著 | 定價250元 |
| EasyTour012 | 西藏深度遊 | 愛爾極地著 | 定價299元 |
| EasyTour013 | 搭地鐵遊倫敦——超省玩樂秘笈大公開！ | 阿不全著 | 定價280元 |
| | | | |
| TOP50 | 週休二日台灣遊 | | |
| Top25001 | 博物館在地遊 | 賴素鈴著 | 定價299元 |
| Top25002 | 玩遍新台灣 | 羅子青著 | 定價299元 |
| Top25003 | 吃吃喝喝遊廟口 | 黃麗如著 | 定價299元 |
| FREE | 定點優遊台灣 | | |
| FREE001 | 貓空喫茶趣——優游茶館・探訪美景 | 黃麗如著 | 特價149元 |
| FREE002 | 北海岸海鮮之旅——呷海味・遊海濱 | 李　旻著 | 特價199元 |
| FREE003 | 澎湖深度遊 | 林慧美著 | 定價299元 |
| FREE004 | 情侶溫泉——40家浪漫情人池＆精緻湯屋 | 林慧美著 | 定價148元 |
| SELF | 展現自我 | | |
| Self001 | 穿越天山 | 吳美玉著 | 定價1500元 |
| Self002 | 韓語會話教室 | 金彰柱著 | 定價299元 |

國家圖書館出版品預行編目資料

去他的北京：—
／傅主席 作： -- 初版. -- 台北市：
朱雀文化，2003〔民92〕
面； 公分. --（Life Style；13）

ISBN 957-0309-92-X （平裝）

855 92009536

Life Style013

# 去他的北京

作者 傅主席
圖片演出 安東尼
美術設計 山形電火球
責任編輯 錢春菜
企畫統籌 李 橘
出版者 朱雀文化事業有限公司
地址 北市基隆路二段13-1號3樓
電話 02-2345-3868
傳真 02-2345-3828
劃撥帳號 19234566 朱雀文化事業有限公司
e-mail redbook@ms26.hinet.net
網址 http:// redbook.com.tw
總經銷 展智文化事業股份有限公司
ISBN 957-0309-92-X
初版一刷 2003.8
二版一刷 2003.9

定價 249元
出版登記 北市業字第1403號

| cook50系列 | 基礎廚藝教室 | | |
|---|---|---|---|
| COOK50001 | 做西點最簡單 | 賴淑萍著 | 定價280元 |
| COOK50002 | 西點麵包烘焙教室——乙丙級烘焙食品技術士考照專書 | 陳鴻霆、吳美珠著 | 定價480元 |
| COOK50003 | 酒神的廚房 | 劉令儀著 | 定價280元 |
| COOK50004 | 酒香入廚房 | 劉令儀著 | 定價280元 |
| COOK50005 | 烤箱點心百分百 | 梁淑嫈著 | 定價320元 |
| COOK50006 | 烤箱料理百分百 | 梁淑嫈著 | 定價280元 |
| COOK50007 | 愛戀香料菜 | 李櫻瑛著 | 定價280元 |
| COOK50008 | 好做又好吃的低卡點心 | 金一鳴著 | 定價280元 |
| COOK50009 | 今天吃什麼——家常美食100道 | 梁淑嫈著 | 定價280元 |
| COOK50010 | 好做又好吃的手工麵包——最受歡迎麵包大集合 | 陳智達著 | 定價320元 |
| COOK50011 | 做西點最快樂 | 賴淑萍著 | 定價300元 |
| COOK50012 | 心凍小品百分百——果凍・布丁（中英對照） | 梁淑嫈著 | 定價280元 |
| COOK50013 | 我愛沙拉——50種沙拉・50種醬汁（中英對照） | 金一鳴著 | 定價280元 |
| COOK50014 | 看書就會做點心——第一次做西點就OK | 林舜華著 | 定價280元 |
| COOK50015 | 花枝家族——透抽軟翅魷魚花枝 章魚小卷大集合 | 邱筑婷著 | 定價280元 |
| COOK50016 | 做菜給老公吃——小倆口簡便省錢健康浪漫餐99道 | 劉令儀著 | 定價280元 |
| COOK50017 | 下飯ㄟ菜——讓你胃口大開的60道料理 | 邱筑婷著 | 定價280元 |
| COOK50018 | 烤箱宴客菜——輕鬆漂亮做佳餚（中英對照） | 梁淑嫈著 | 定價280元 |
| COOK50019 | 3分鐘減脂美容茶——65種調理養生良方 | 楊錦華著 | 定價280元 |
| COOK50020 | 中菜烹飪教室——乙丙級中餐技術士考照專書 | 張政智著 | 定價480元 |
| COOK50021 | 芋仔蕃薯——超好吃的芋頭地瓜點心料理 | 梁淑嫈著 | 定價280元 |
| COOK50022 | 每日1,000Kcal瘦身餐——88道健康窈窕料理 | 黃苡菱著 | 定價280元 |
| COOK50023 | 一根雞腿——玩出53種雞腿料理 | 林美慧著 | 定價280元 |
| COOK50024 | 3分鐘美白塑身茶——65種優質調養良方 | 楊錦華著 | 定價280元 |
| COOK50025 | 下酒ㄟ菜——60道好口味小菜 | 蔡萬利著 | 定價280元 |
| COOK50026 | 一碗麵——湯麵乾麵異國麵60道 | 趙柏淯著 | 定價280元 |
| COOK50027 | 不失敗西點教室——最容易成功的50道配方 | 安　妮著 | 定價320元 |
| COOK50028 | 絞肉の料理——玩出55道絞肉好風味 | 林美慧著 | 定價280元 |
| COOK50029 | 電鍋菜最簡單——50道好吃又養生的電鍋佳餚 | 梁淑嫈著 | 定價280元 |
| COOK50030 | 麵包店點心自己做——最受歡迎的50道點心 | 游純雄著 | 定價280元 |
| COOK50031 | 一碗飯——炒飯健康飯異國飯60道 | 趙柏淯著 | 定價280元 |

elfin 於Wed Aug 20 23:11:53 2003)
提到：
很久以前王丹就說過，不要用謊言打擊對手。我發覺很多台灣人用貌似理智、貌似精通的態度描述大陸，然而在大陸人的眼裡，那些所謂的大陸通，根本和瘋子沒什麼區別。

perrychen 於Wed Aug 20 19:20:58 2003)
提到：
哈！我不知道你是中華民國人還是台灣國人，依中華民國地圖來看，台灣人對應的是北京人、上海人，而不是什麼「中國人」。

其實，北京人給我另一個印象深刻的地方，就是嘴巴很硬，而且很愛面子，這其實是華人文化中的一環。愛面子有它的好處，事情可以處裡得更圓滑漂亮；但壞處就是因為愛面子而忘掉了裡子，這也是阻礙進步的一個原因。

其實，北京在很多地方很像台灣早期的社會，胡同等於眷村，公廁我們也有，吐痰台灣人一樣照做不誤，我就不多舉例了。書中描寫的北京種種，是我懷念北京的地方也是我當初不適應北京的地方。

只是，為什麼沒有一位大陸網友，可以說出這樣一句話：「我們的公廁真的很髒，生活水準可能比不上台灣，但我們的努力也是有目共睹的！」北京人的努力當然是有目共睹的，但能真正看到自己各方面的優缺點，也是一件很光榮的事情。太多人只看北京的正面，但北京的背面，才是骨子裡的真北京；要內外都一樣好，你先得看到背面的樣子。

因此，我寫《去他的北京》這本書，不表示台灣人就了不起，只是我們從一個不完全相同的環境過來，眼睛看到的，比土生土長的北京人，到底不是一個畫面，我應該慶幸自己有機會能看到北京的背面。當然，如果有誰要寫一本《機歪的台北人》，我也很樂於見到！

唉，喜歡找我吵架的對岸同胞，你們聽到我的心聲了嗎？

daoming於Sun Aug 24 15:06:18 2003)
提到：
其實每個地方的人都有自己的劣根性，但是大多數人只是當局者迷，很少有清醒的。偶爾出現象柏楊這樣的清醒者，對本民族進行鞭撻，是難能可貴的。我覺得《去他的北京》正好值得北京乃至全國人讀一讀，雖然有的地方言過其實，但說得都有理，讓我們感覺被揭了瘡疤一般。知恥而後勇。人家能寫出來應該去感謝人家，然後努力做到最好，而不是惱羞成怒般的辯駁。我們應該有勇氣承認